셰익스피어 전집 002

한여름 밤의 꿈

셰익스피어 전집
002

한여름 밤의 꿈

윌리엄 셰익스피어(William Shakespeare)
오수진 옮김

A Midsummer Night's Dream

HU:iNE

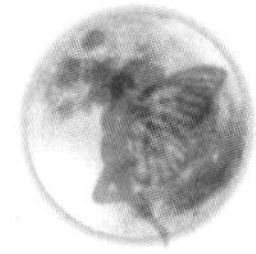

옮긴이의 말

『한여름 밤의 꿈』은 셰익스피어의 희극 중 가장 완성도가 높은 작품 중 하나로 평가받는다. 독특한 작품 구조, 다양한 주제, 매력적인 등장인물들 덕분에 셰익스피어 학자들의 연구 대상이 되고 음악, 미술, 영화 등 여러 분야에서 관심을 받는 작품이다. 여름이면 세계 곳곳에서 이 작품이 상연될 정도로 인기가 많은 작품이고 연출자의 상상력을 자극하여 다양한 『한여름 밤의 꿈』을 볼 수 있다. 극단 여행자의 양정웅 연출자가 이 작품을 한국적으로 재해석하여 한국은 물론 해외에서도 호평을 받았다.

『한여름 밤의 꿈』은 셰익스피어 수업 시간에 학생들이 가장 즐겁게 읽는 작품이기도 하다. 역자 역시 이 작품을 수업할 때마다 학생들과 작품의 주제를 놓고 열띤 토론을 벌이며 즐겁게 수업했던 기억이 많다. 이 작품을 읽고 감정 이입을 하며 위로를 받았다고 말한 학생도 있고 에버랜드에서 작품 속 대사를 발견하고 반가운 마음에 사진을 찍어 보내준 학생도 있었다. 학생들과 셰익스피어 단체 관람을 할 때도 가장 호평을 받아서 이 작품을 수업할 때마다 늘 기대를 한다.

한국외국어대학교 지식출판원에서 셰익스피어 번역 작업을 기획한다는 소식을 접하고 역자는 고민하지 않고 『한여름 밤의 꿈』을 택했다. 이 작품이 워낙 인기가 많기 때문에 이미 번역이 많이 이루어진 상황에 역자의 번역이 다른 선배 학자들의 번역과 차별점이 무엇일지가 가장 큰 고민이었다. 전에는 수업을 위한 목적으로 읽어서 토론 거리를 찾아내는 데 급급해하며 읽었다면 이번에는 작품 번역을 위해 사건의 흐름과 등장인물들의 상황과 감정에 이입하며 읽도록 노력했다. 역자는 이번 번역의 목표를 학문적 텍스트 읽기로 정하고 최대한 원문과 가깝게 번역하려고 노력했다. 독자들이 주로 학생일 것을 고려하여 한자식 표현을 최대한 자제하려고 노력했지만 원문의 단어를 살리기 위해 어색한 문어체 표현이 종종 보인다. 번역 텍스트로는 아든 셰익스피어 시리즈를 중심으로 참고하였고, 케임브리지 편집본과 옥스포드 편집본의 주석을 함께 참고하였다. 각 주석 끝에 *Arden, Cambridge*와 같이 참고한 텍스트를 표기하였다. 원문과 대조하여 읽을 수 있도록 운문의 행수를 원전의 행수와 되도록 맞추어 번역하려고 했지만 내용의 흐름이 자연스럽게 하기 위해 행수를 맞추지 않은 부분도 있다. 독서의 방해를 막기 위해 주석을 최대한 자제하고 독자의 이해를 돕기 위해 일부분만 각주로 처리하였다. 한국어와 영어가 너무나도 다른 언어여서 말장난이나 말의 오용 같은 셰익스피어 언어의 맛을 잘 살리지 못해 큰 아쉬움이 남는다. 셰익스피어 번역이 아직 역자에게 역부족이란 것을 확인했지만 『한여름 밤의 꿈』을 좀 더 이해할 수 있는 의미 있는 시간이었다. 역자의 부족한 번역본이 셰익스피어를 공부하는 학생들과 일반 독자들에게 도움이 되기를 바란다. 셰익스피어 번역을 기획하고 뒷받침 해주신 한국외국어대학교 지식출판원 가정준 원장님, 신선호 팀장님, 박현정 선생님, 그리고 박우수 교수님, 읽고 수정을 도와주신 권오숙 교수님, 도해자 교수님, 조혜영 교수님, 이윤주 교수님 함께 번역에 참여하신 교수님들께 감사의 뜻을 전한다.

2018년 2월

오수진

작품 해설

『한여름 밤의 꿈』의 작품 연도는 분명하지 않지만 『로미오와 줄리엣』(*Romeo & Juliet*)이 집필된 1595년경으로 추정된다. 셰익스피어가 오비드(Ovid)의 「피라머스와 시스비」(*Pyramus and Thisbe*) 이야기를 두 작품에서 차용하여 플롯 구성의 유사성을 보이고, 그 때문에 두 작품이 비슷한 시기에 쓰였을 것으로 여겨진다. 셰익스피어 작품 대부분이 소재와 줄거리를 다른 작품에서 차용한 것으로 알려졌듯이, 이 작품도 다양한 출전을 찾아볼 수 있다. 아테네 공작 테세우스에 관한 소재는 플루타르크(Plutarch)의 『영웅전』(*Lives of the Noble Grecians and Romans*)에서 테세우스와 아마존 여왕 히폴리타의 결혼, 오월제 참여, 필로스트레이트와 이지어스의 이름, 허미아를 두고 라이샌더와 드미트리어스가 벌이는 사랑의 경합, 연인들의 숲 속의 도주 등은 초서(Geoffrey Chaucer)의 『기사이야기』(*Knight's Tale*)에서 얻었을 것으로 여겨진다. 오베론이란 이름은 프랑스 로망스인 『보르도의 훈』(*Huon de Bordeaux*)과 로버트 그린(Robert Green)의 『제

임스 4세』(*James IV*)에서 따온 것으로 짐작된다. 이 밖에 후반부에 등장하는 극중극은 오비드의 『피라머스의 시스비』에서, 요정 퍽은 영국 민담에서 보틈의 변신은 1566년에 번안된 아풀레이우스(Apuleius)의 『황금 당나귀』(*Golden Ass*)에서 차용한 것으로 짐작된다. 이와 같이 셰익스피어의 작품은 다양한 출전과 소재를 지니고 있어 당시 영국에서 유행하던 '풍자희극'(Satire Comedy)과 구별된다.

셰익스피어 희극은 작품 속에 나타난 독창성을 바탕으로 '낭만 희극'(Romantic Comedy) 또는 '축제 희극'(Festive Comedy)으로 불린다. 셰익스피어의 낭만 희극은 주로 초기에서 중기 사이의 희극을 말하며, 등장인물들이 현실 세계에서 이상을 상징하는 신비한 숲의 세계로 이동하여 그곳에서 갈등 해소와 화해라는 변화를 겪고 다시 현실로 돌아오는 구조를 담고 있다. 노스롭 프라이(Northrop Frye)가 말한 숲 또는 이상향을 지칭하는 '녹색 세계'(green world)는 등장인물들이 현실 세계의 갈등과 장애를 벗어나 도피하거나 자신의 정체성을 벗어날 수 있는 또 다른 세계이다. 극의 마지막에 녹색 세계를 경험하고 다시 현실로 돌아온 등장인물들을 가로막는 장애들이 희극적으로 해결된다. 낭만 희극의 전형적인 주제는 사랑과 결혼이다. 낭만 희극에서 주로 다루는 사랑은 행복한 미래만을 보장하지 않는다. 젊은 연인들이 이상과 현실의 괴리에서 오는 갈등과 자신들의 사랑을 반대하는 기성세대와의 갈등으로 여러 가지 어려움을 겪고 이 과정을 통해 사랑의 완성인 결혼에 이른다. 다양한 갈등을 초자연적인 힘을 이용해 해결하는 꿈같은 이야기가 바로 『한여름 밤의 꿈』이다.

『한여름 밤의 꿈』은 세대 간의 갈등 및 화합과 조화, 다양한 사랑의 양상, 상상력의 힘 등의 주제를 담고 있다. 이 극의 가장 큰 매력은 다양한 계층이 유기적으로 연결되어 조화를 이루는 짜임새 있는 구조이다. 이 글은 셰익스피어의 다른 극들에 비해 다양한 계층의 인물들이 비슷한 비중으로 다뤄지고 특별한 주인공이 없이 등장인물 모두 각자 플롯에 따라 개별적인 이야기를 한다. 이 극에서는 크게 네 가지 다른 세계를 보여주고 있다. 첫 번째는 아테네를 배경으로 테세우스와 히폴리타의 세계이다. 테세우스와 히폴리타의 결혼식은 극의 중심축을 담당하고 있다. 테세우스가 지배하는 궁정 세계는 엄격한 아테네 법, 이성, 가부장의 권위 등이 지배하는 냉혹한 현실 세계이다. 테세우스가 아마존 족과의 전쟁에서 승리한 후 아마존 족 여왕인 히폴리타를 포로로 데려와 결혼식을 준비하는 첫 장면은 이 극이 단순히 연인들의 행복한 사랑을 보여주는 극이 아님을 암시한다. 법의 준수를 요구하는 이성주의자인 테세우스는 결혼을 강하게 옹호하고 독신을 금지한다. 그는 라이샌더와 허미아의 결혼 문제에 심판자가 되어 두 연인의 야반도주를 초래한다. 그는 결혼 제도를 옹호하면서 결혼에 이르는 과정과 관계의 충실성 등을 간과하는 아이러니를 보인다.

두 번째는 아테네의 라이샌더, 허미아, 드미트리어스, 헬레나로 구성된 두 쌍의 젊은 연인들의 세계이다. 이들의 사랑은 극에서 큰 비중을 차지한다. 이들이 사랑의 결실을 맺기까지 세대 간의 갈등과 자신들의 현실과 이상의 괴리로 발생한 난관을 겪는다. 허미아는 아버지의 뜻을 거스르고 라이샌더와 아테네 법이 미치지 않는 숲으로 도망친다. 헬레나와 드미트리어스는 이 둘을 쫓아 숲으로 들어간다. 숲 속에서 두 쌍의 연인들은 요정의 장난으로 자신의 의지와 상관없이 엇갈린 사랑에 빠지며 한 바탕 소동을 겪는다. 연인들은 여러 갈등을 겪은 후 진정한 사랑을 깨닫고 테세우스의 도움으로 결실을 맺는다.

세 번째는 숲이 배경이 되는 요정들의 세계이다. 숲은 요정 왕 오베론과 여왕 티타니아와 장난꾸러기 광대와 같은 퍽이 중심이 되어 인간과 요정의 세계를 공존시키는 세계이다. 아테네 궁정 세계가 법, 권위, 질서, 이성 등이 지배하는 곳이라면, 숲의 세계는 꿈, 상상력, 감성, 마법 등이 지배하는 공간이다. 숲의 환상적인 분위기와 요정의 존재는 숲에서 일어나는 허구와 변화의 모습을 실제로 믿게 만드는 힘을 지닌다. 요정 세계도 인간 세계와 마찬가지로 갈등과 불화가 있다. 요정들의 갈등은 인간 세계뿐만 아니라 자연 환경에도 영향을 끼친다. 2막 1장 오베론과 티타니아가 다투는 장면에서 알 수 있듯이 이들의 갈등은 계절의 이변을 야기해 인간 세계에 심각한 피해를 가하기도 한다. 오베론은 장난꾸러기 퍽에게 숲의 모든 사건을 진행시킨다. 퍽의 실수로 숲 속에 들어온 아테네 연인들을 혼미하게 만들기도 하고 이를 다시 해결하기도 한다. 요정 티타니아가 인간 보틈에게 홀딱 반하는 장면은 이 극에서 가장 코믹한 장면 중에 하나이다. 이처럼 요정들의 행동은 희극 정신을 구현하는데 매우 중요한 역할을 한다.

마지막으로 아테네 평민층을 대표하는 직공들의 세계이다. 그리스 신화나 영국 민담과 밀접한 관련이 있는 다른 세계 속 인물들과 달리 직공들은 셰익스피어가 극을 쓰던 동시대를 대표하는 가장 현실적인 인물들이라 할 수 있다. 그들은 르네상스 시대 영국의 아마추어 배우들의 모임을 연상시키며 이 극에서 희극적인 역할을 담당한다. 직공들의 세계는 매우 현실적이면서도 이상을 꿈꾸는 세계이기도 하다. 직공들은 아테네 공작의 결혼식을 위해 축하 공연을 준비한다. 그들은 미천한 신분이지만 자신들의 공연이 궁정에서 공연될 것에 대한 기대감을 품는다. 연극 연습을 하는 장면은 직공들의 어수룩하고 바보 같은 면을 여실히 드러내며 희극적인 효과를 발휘한다. 이 중에서 직조공 보틈은 현실과 환상을 넘나들며 가장 희극적인 효과를 담당하고 극적 갈등을 주도한다.

이 극에서 네 가지로 나뉘는 세계는 극의 마지막에 한 자리에 모여 공존하게 된다. 테세우스로 대표되는 기성세대와 젊은 연인들을 비롯한 귀족 계층, 연극을 준비하는 아테네 평민 직공들, 환상적인 요정들이 한 자리에 모인다. 네 개의 세계가 만나는 것은 이 극의 주제인 조화와 화합을 의미한다. 하지만 그들이 모두 숲 속에 모인다는 점은 조화와 화합 이면에 등장인물들이 억누르고 있던 무의식적 욕구를 충족시키려는 의지로도 해석해 볼 수 있다. 이 극에서 숲은 마치 꿈의 세계와 같아 의식이 억누르고 있던 에너지가 발산되어 무의식적 욕구가 실현되는 장소이기 때문이다. 인물들의 얽힌 관계를 형성하는데 큰 역할을 하는 '욕구 충족'이 극의 후반부에 각 인물마다 갑작스럽게 또는 나름대로 이루어지면서 마지막에 조화와 화합을 이룬다.

셰익스피어는 이 극에서 다양한 사랑의 양상을 보여준다. 테세우스와 히폴리타의 사랑, 젊은 연인들의 사랑, 현실에서 불가능한 사랑을 하는 요정 티타니아와 직조공 보틈의 사랑 등에서 사랑의 다양한 속성을 보여준다. 이 중에서 허미아와 라이샌더, 드미트리어스와 헬레나의 사랑은 갈등과 화해 이야기에 가장 큰 비중을 차지한다. 엄격한 가부장제가 존재하는 현실 세계에서 허미아는 당시 여성들과 다르게 사랑에 있어서 주관이 뚜렷하고 적극적이다. 허미아는 아테네 공작과 아버지의 말에 거역하며 라이샌더를 옹호하는 등 자신의 주체성을 강조한다. 허미아가 하는 사랑은 대상을 눈으로 보고 있다는 점에서 감각적이라 할 수 있다. 테세우스가 그녀의 눈이 사랑의 맹목적인 속성 때문에 이성적 판단이 결여되어 있다고 질책하지만 허미아는 오히려 육체적 욕망이 배제된 낭만적 사랑을 꿈꾸며 라이샌더와 숲으로 도망친다. 허미아와 달리 헬레나는 사랑을 감각적으로 판단하지 않는다. 그녀는 사랑이 눈이 아닌 마음으로 본다고 판단한다. 1막 마지막 헬레나의 독백은 마치 숲 속에서 사랑의 행로가 바뀔 것을 예상한 것처럼 보인다. 독백에서 그녀는 사랑의 가변성과 변덕스럽고 맹목적인 면을 제시한다. 이러한 사랑의 맹목적이며 비이성적인 면은 극의 말미에 테세우스가 사랑을 미치광이, 연인, 그리고 시인을 함께 비유하는 대목에서 다시 한 번 강조된다. 1막에서 보여 준 테세우스의 사랑은 이성을 바탕으로 한 사랑이다. 그러므로 이 극의 중심이 되는 사랑이 지닌 광기의 속성을 테세우스에게 다시 강조하도록 한 것은 매우 시사적이다. 흥미로운 점은 1막에서 허미아와 달리 헬레나는 사랑에 있어서 소극적인 태도를 보이고 있지만 숲으로 이동하며 의외의 태도를 취한다는 점이다. 그녀는 드미트리어스가 아무리 비난해도 그에게 초지일관 사랑을 표현하며 자신의 사랑을 쟁취하기 위해 물불을 가리지 않는 것처럼 보인다. 이 부분은 1막에서 보인 허미아의 태도와 유사하다고 볼 수 있다. 숲으로 연인들이 이동한 후 퍽의 장난으로 연인들이 서로 뒤바뀌는 우스꽝스러운 상황이 연출된다. 숲에서 라이샌더와 드미트리어스는 헬레나가 제시한 변덕스럽고 맹목적인 사랑을 적나라하게 보여준다. 꽃 즙을 눈에 바른 후 변하는 두 남자의 태도는 사랑의 가변성을 말하며 남성의 지조를 한순간에 무너뜨린다. 3막 2장은 아테네 연인들의 갈등과 사랑 싸움이 절정을 이루며 난장판이 된다. 서로에게 자신의 사랑을 확인시키고 확인받으려는 연인들의 욕망으로 인해 모욕과 공격이 난무하는 혼란으로 접어든다. 그들은 숲 속에서 자신들의 의지와는 상관없이 갈등을 겪고 다시 퍽의 도움으로 관계를 회복하여 진정한 사랑을 되찾는다.

사랑이 지닌 광기는 요정 티타니아가 당나귀 머리를 한 인간 보틈과 사랑을 나누는 장면에서 절정을 이룬다. 셰익스피어는 티타니아와 보틈의 기괴한 사랑의 광기를 그려 사랑의 맹목성과 불합리성, 변덕스러움 등을 나타내며 요정 세계와 인간 세계를 교묘히 연결시킨다. 요정이 부리는 마법의 힘으로 사랑의 혼돈을 겪는 아테네 연인들과 달리 보틈은 단순하고 상상력이 없는 인물이다. 그는 흉측하게 변화된 모습에 전혀 동요하지 않고 천연덕스러운 모습을 보인다. 요정 세계를 현실처럼 인식하고 요정들의 시중을 받을 때도 당나귀인 것처럼 여물을 요구하는 등 어리석은 행동을 일삼는다. 보틈을 향한 티타니아의 맹목적인 사랑은 "당신을 얼마나 사랑하는지! 그대에게 얼마나 빠져있는지!"(4.1.42)라는 대사에서 절정에 달한다. 숲 속에서 보여준 연인들의 사랑은 실제 기반이 없이 환상 즉 단순히 애인의 그림자를 만들어 내는 꿈속의 사랑이라 할 수 있다. 반면에 보틈과 티타니아의 사랑은 광기에 기반을 두고 사랑의 어리석음을 더 선명하게 부각시키고 있다.

이 극에서 보틈은 유일하게 인간 세계와 요정 세계를 넘나드는 인물로 매우 중요한 역할을 차지한다. 보틈은 희극적인 효과를 가져다주며 퍽과 함께 일종의 광대로서 기능한다. 그는 셰익스피어의 광대들 중에서 유일하게 동물의 모습으로 외형적인 변화를 겪는 인물이다. 그가 여러 동물 중에 당나귀로 변화를 겪는 것은 당나귀가 가지고 있는 우둔함과 멍청함의 기질을 지니고 표면적으로 어리석은 모습을 계속 보여주고 있어서일 것이다. 르네상스 시대 때 당나귀는 어리석음의 속성 외에도 동물 중에 가장 성적 능력이 강하다는 설이 있어서 티타니아와의 관계에 설득력을 더한다. 그는 당나귀로 변해 머리를 긁거나 여물을 탐내는 동물적 욕구를 드러내 관객들에게 웃음을 선사한다. 하지만 하층민이면서 흉측하고 어리석은 몰골을 하고 있는 보틈이 요정의 여왕과 요정들을 지배하며 마음대로 부리는 점을 주목해야한다. 어느 새 그는 티타니아의 사랑을 받으며 요정 왕 오베론의 삶을 경험한다. 엘리자베스 시대는 새로운 경제 질서가 대두하면서 기존의 계급질서가 흔들리는 혼란과 갈등의 시대를 겪어야만 했다. 따라서 보틈이 요정 세계에서 누리는 것은 단순한 사랑의 쾌락이 아니라 현실에서 억압된 욕망을 해소하는 행위로 볼 수 있다. 직조공 보틈은 현실과 환상의 세계를 동시에 누리며 자연스럽게 억압된 계급질서를 벗어나고자 하는 내면의 욕망을 표출한다. 4막 1장 마지막 보틈의 대사는 현실 세계를 초월한 경험을 하고서 새로운 깊이를 깨달아 이전과는 다른 새로운 모습으로 변화했음을 암시한다. 이 대사는 셰익스피어가 인간이 할 수 있는 상상을 예술로 승화시키려는 의도를 보틈에게 투영한 것으로 해석해 볼 수 있다. 1막에서 무슨 배역이든 다 할 수 있다고 허풍 떨던 그가 자신의 꿈을 퀸스에게 부탁해 "보틈의 꿈"이라는 노래로 만들겠다고 생각한다. 이러한 보틈의 변화는 희극적인 효과를 넘어 어리석은 하층민이 내면적 성숙을 거쳐 예술로 승화시키려는 일종의 예술가로서의 성숙을 보여준다. "꿈"이라 표현되는 한여름 밤의 소동은 끝나고 보틈은 내면적인 변화와 함께 동료들의 품으로 돌아가 연극을 최선을 다해 마친다.

숲으로 들어온 등장인물들은 모두 요정 세계의 마법에 영향을 받아 꿈에서 현실로 다시 돌아오는 순환구조의 여정을 겪는다. 이러한 여정은 일종의 통과의례로 등장인물들이 성장하고 새로운 관계를 형성할 수 있도록 한다. 셰익스피어는 꿈과 같은 경험을 하고 변화한 후 현실로 돌아간 등장인물들이 행복한 삶을 살 것을 암시하는 열린 결말로 마무리한다. 하지만 큰 갈등과 난관을 겪고 서로 상처를 주던 연인들이 갑작스럽게 화해하고 행복한 결혼 생활을 할 수 있을까에 대해서는 관객과 독자들이 곰곰이 생각해 봐야할 것이다.

한여름 밤의 꿈

목차

등장인물들

테세우스	아테네의 공작
히폴리타	아마존 족의 여왕, 테세우스의 약혼녀
라이샌더	허미아를 사랑하는 젊은 신사
드미트리어스	허미아의 구혼자
허미아	라이샌더를 사랑하고 있음
헬레나	드미트리어스를 사랑하고 있음
이지어스	허미아의 아버지
필로스트레이트	연회를 담당하는 테세우스의 신하

오베론	요정들의 왕
티타니아	요정들의 여왕
요정	티타니아를 섬기고 있음
퍽 또는 로빈 굿펠로우	오베론의 광대 및 시종
완두꽃	티타니아를 섬기는 요정
거미줄	티타니아를 섬기는 요정
겨자씨	티타니아를 섬기는 요정

피터 퀸스	목수, 극중극에서 서사
닉 보틈	직조공, 극중극에서 피라머스
프란시스 플루트	풀무장이, 극중극에서 시스비
톰 스나우트	땜장이, 극중극에서 돌담
로빈 스타블링	재단사, 극중극에서 달빛
스너그	가구장이, 극중극에서 사자

그밖에 오베론과 티타니아를 시중드는 요정들

테세우스와 히폴리타의 시종들과 귀족들

1막 1장

테세우스, 히폴리타, [필로스트레이트]와 시종들이 등장

테세우스 아름다운 히폴리타, 이제 우리의 혼인 날짜가
재빠르게 다가오고 있소. 행복한 나흘이 지나면[1]
새 달이 뜰 것이오. 하지만 오, 이 오래된 달은
어찌나 더디 지는 것 같은지! 마치 계모나
미망인이 젊은 아들에게 상속을 미루어 애태우게 하듯이[2]
저 달이 내 애간장을 태우는구려.

---

1) 실제로 결혼식은 다음날 밤에 이루어지지만 셰익스피어는 결혼을 앞둔 테세우스의 조급함을 강조하기 위해 나흘이라는 시간을 설정한다(*Arden*).

2) 당시 계모와 과부는 일반적으로 전 남편의 재산에 대한 권리가 없었지만 상속자 재산 수입의 일부를 받도록 되어 있어 이들이 오래 살수록 젊은 상속자의 재산이 줄어들었다(*Arden, Cambridge*).

히폴리타 나흘 낮은 재빨리 밤으로 젖어들고
나흘 밤은 금세 꿈결처럼 지나가겠지요.
그러면 초승달이 하늘에 새로 당겨진
은빛 활처럼, 엄숙한 우리 혼례식 밤을
지켜보게 될 거예요.

테세우스 필로스트레이트, 가서
아테네 젊은이들을 즐거움으로 들뜨게 하고
생기발랄하고 경쾌한 기쁨의 정신을 일깨우고
창백한 손님은 우리 축제에 어울리지 않으니
우울한 마음은 장례식에나 보내라.

[필로스트레이트 퇴장]

히폴리타, 나는 그대에게 칼로 청혼하고,
상처를 입히면서 그대의 사랑을 얻었소.
하지만 결혼식만은 전혀 다른 분위기로 올려야겠소.
성대한 축제와 경축 행렬, 그리고 술잔치로.

이지어스, 딸 허미아, 라이샌더, 드미트리어스 등장

이지어스 고명하신 테세우스 공작님, 행복을 빕니다!

테세우스 고맙소, 이지어스. 무슨 일이신가?

이지어스 원통한 나머지 제 딸 허미아에 대한
불만을 말씀드리려고 찾아왔습니다.
이리 나오게 드미트리어스. 고귀하신 공작님,
이 사람은 제 딸과 결혼하도록 제 허락을 받은 자입니다.
이리 나오게 라이샌더. 자비로우신 공작님,
이 자는 제 딸의 마음을 홀린 자입니다.
너, 이놈, 라이샌더, 네놈이 그 애에게 사랑 노래를 지어주고
사랑의 징표를 주고받았지.
달밤에 그 애의 창가에서 엉큼한 목소리로
가짜 사랑 노래를 불러주고,
미숙한 젊은 처녀의 마음을 강력하게 사로잡는
네 머리털로 짠 팔찌, 반지, 하찮은 장신구와 패물,
노리개, 싸구려 선물이나 꽃다발, 사탕과자 따위로
그 애 마음에 사랑의 인상을 새겨 사로잡았지.
교활한 수작으로 그 애 마음을 훔쳐내
내게 순종하는 걸로만 알던 애를
완강히 반항하는 애로 바꾸어 놓았어. 너그러우신 공작님,

저 애가 여기 공작님 앞에서도
드미트리어스와 결혼을 거부한다면,
제게 아테네의 옛 특권을 내려주십시오.
제 딸은 제 것이니까 제 손으로 처분하겠습니다.
이럴 경우 지체 없이 적용되는 국법에 따라
이 청년에게 맡기거나,
아니면 죽이겠습니다.

테세우스 허미아, 너는 할 말이 없느냐? 잘 생각해보아라.
아버지는 네게 신과 같은 존재이며,
네 아름다운 모습을 만들어주신 분이다. 알겠느냐,
넌 아버지가 손수 이목구비를 빚어낸
밀랍일 뿐이니, 아버지의 권능에 따라
네 모습을 놔두거나 없애버릴 수 있어.
드미트리어스는 훌륭한 청년이 아니더냐.

허미아 라이샌더도 그렇습니다.

테세우스 사람만 놓고 보면 훌륭하지,
하지만 결혼 문제에 있어서는 네 아버지의 허락이 없으니
다른 쪽이 더 훌륭하다고 해야 한다.

허미아 아버님께서 제 눈으로 보셨으면 좋겠습니다.

테세우스 그보다 네 눈이 아버지의 분별력을 가지고 봐야지.

허미아 공작님께 저를 용서해주시길 간청합니다.
제가 무슨 힘으로 이렇게 대담해졌는지
공작님 앞에서 감히 제 생각을 간청하는 것이
저의 조신함에 어떻게 영향을 끼칠지 모르겠지만,
제가 드미트리어스와 결혼하길 거부한다면
제게 내려질 가장 끔찍한 벌이
무엇인지 공작님께서 알려주십시오.

테세우스 죽음 아니면 영원히
남자들의 세계를 포기하는 것이다.
그러니까 허미아, 네 욕망을 살펴보고
네 젊음을 생각하고 네 혈기를 잘 따져보아
네가 아버지의 선택을 따르지 않는다면,
수녀의 옷을 입고 어두운 수도원에 영원히 갇혀
차갑고 실속 없는 달을[3] 쳐다보고 힘없는 찬송가나 부르면서
평생 동안 애도 낳지 않고 수녀로 사는 것을

3) 달은 이교도의 순결의 여신인 디아나를 의미한다.

견뎌낼 수 있을지 스스로 물어보아라.
젊은 혈기를 다스려 평생 처녀로 인생길을 걷는 것은
매우 축복받는 일이기는 하다만.
처녀 가시 위에서 시들면서
독신의 축복만으로 자라고 살아가고 죽는 것보다는
꺾여서 향기를 발산하는 것이 속세에서 한층 행복한 일이지.

허미아 공작님, 제 성적 순결에 대한 권리를 저분의 지휘에 맡기기
전에 차라리 그렇게 자라고 그렇게 살다가 그렇게 죽겠습니다.
저분이 남편이 되는 것은 원치 않는 멍에이므로
제 영혼은 그분께 지배권을 주고 싶지 않습니다.

테세우스 다음 새 달이 뜰 때까지 잠시 시간을 가지도록 해라.
그 날은 내 사랑과 내가 백년해로 가약을 위한
도장을 찍는 날이니,
그 날까지 아버지의 뜻을 거역한
죄로 죽을 준비를 하거나
아니면 아버지가 바라는 대로 드미트리어스와 결혼하든지,
그것도 아니면 디아나의 제단에
영원한 금욕과 독신 생활을 맹세하든지 해야 한다.

드미트리어스 아름다운 허미아, 마음 풀고, 그리고 라이샌더,
네 부당한 주장을 내 정당한 권리에 양보해.

라이샌더 드미트리어스, 너는 허미아 아버지의 사랑을 받고 있잖아.
그러니 허미아의 사랑은 내가 받고, 넌 그분하고 결혼하라고.

이지어스 한심한 라이샌더, 그래, 드미트리어스가 내 사랑을 받고 있다.
그래서 내 것은 뭐든지 그에게 줄 거다.
그리고 내 딸은 내 것이니 그 애에 대한 모든 권한을
드미트리어스에게 넘겨주겠다.

라이샌더 공작님, 저도 이 자 못지 않게 좋은 가문이며
재산도 많습니다. 제 사랑은 더 하고요,
제 신분도 보다 더 나은 편은 아닐지라도,
어느 모로 보나 드미트리어스와 동등합니다.
그리고 무엇보다 자랑하고 싶은 건,
제가 아름다운 허미아의 사랑을 받고 있다는 겁니다.
그러니 왜 제 당연한 권리를 행사하면 안 되는 건가요?
면전에서 대놓고 말씀드립니다만, 드미트리어스는
네다의 딸 헬레나에게 구애해서
사랑을 얻었습니다. 그래서 착한 헬레나는

이 변덕으로 얼룩진 바람둥이 녀석에게
흠뻑 빠져 우상처럼 숭배하고 있습니다.

테세우스 그 얘기는 나도 들은 적이 있네.
그 문제로 드미트리어스와 얘기해볼까 했네.
그런데 내 일이 너무 바빠서
그만 잊어버리고 있었네. 그럼 드미트리어스, 이리 오게.
이지어스도 오게. 그대들은 나와 함께 갑시다.
두 사람에게 은밀히 할 얘기가 있으니
아름다운 허미아, 너는 마음을 단단히 고쳐먹고
네 사랑을 아버지의 뜻에 맞출 준비를 해라.
그렇지 않으면 아테네 법률에 따라
(이것만은 나로서도 도저히 어쩔 수 없는 일이니)
죽음에 처하거나 평생 독신의 맹세를 해야 한다.
자, 갑시다, 히폴리타. 내 사랑, 왜 그러시오?[4]
드미트리어스와 이지어스, 함께 가세.
우리 결혼식에 그대들이
해야 할 일이 있으니. 그리고 두 사람과 관련된
일로 의논도 해야겠네.

---

4) 결혼식을 앞둔 히폴리타가 독신과 죽음의 위협을 받고 있는 허미아를 보며 테세우스와의 전쟁에서 져 포로로 와 결혼을 해야 하는 자신을 생각하며 우울한 표정을 짓고 있다(*Arden*).

이지어스 섬기는 마음으로 공작님을 따르겠습니다.

—

허미아와 라이샌더만 남고 모두 퇴장

라이샌더 내 사랑, 어떻게 된 거야? 뺨이 왜 그리 창백해?
장미꽃이 그리 빨리 시들어버리다니 어찌된 일이야?

허미아 아마도 비가 안와서 그런가봐. 내 눈에서
눈물의 폭풍우가 일어 채워줄 수 있었는데.

라이샌더 저런! 지금까지 내가 책으로 읽어보고
이야기나 야사에서 들어본 바로는
참사랑의 항로란 결코 순탄치 않다고 해.
이를테면 신분이 달랐거나.

허미아 아이 속상해! 너무 신분이 높아 낮은 신분과 맺어질 수 없다니.

라이샌더 아니면 나이 때문에 맺어지지 않거나

허미아 아이 아속해! 나이가 너무 많아 어린 사람과 맺어질 수 없다니.

라이샌더 아니면 친지의 선택에 따라 달라지거나

허미아 아이 끔찍해! 남의 눈으로 사랑을 고르다니.

라이샌더 아니면 선택이 일치한다 해도
전쟁이나 죽음, 질병이 사랑을 에워싸서
소리처럼 덧없게 만들어버리는가 하면,
그림자처럼 빠르고, 꿈처럼 짧고,
홧김에 하늘과 땅을 번쩍하고 비춰내고는
사람이 "저것 봐!" 하고 미처 외칠 겨를도 없이
어둠의 아가리가 꿀꺽 삼켜버리듯,
어두운 밤 번갯불처럼 일순간으로 만들어버리지.
이처럼 밝은 것도 금방 황폐화 되고 말아.

허미아 진실한 연인들이 언제나 좌절을 겪는다면,
그건 운명의 포고령과도 같겠지.
그럼 우리의 사랑에도 시련을 참고 견디는 법을 가르쳐줘야지.
사랑에는 근심, 꿈, 한숨,
소원, 눈물 가련한 사랑을 따르는 자들이 있듯이
습관적인 좌절이 있으니까.

라이샌더 딱 맞는 말이야, 그러니까 허미아, 들어봐.

과부 숙모가 한 분 계시거든. 물려받은

재산이 많으신데 자식이 없으셔.

숙모 집이 아테네에서 10 킬로미터쯤 떨어진 곳에 있어,

나를 친자식처럼 여기시지.

사랑스런 허미아, 거기서 너와 결혼할까 해.

가혹한 아테네의 법이 거기까지

우리를 쫓아오진 못할 거야. 진정 나를 사랑한다면

내일 밤 몰래 집을 빠져 나와

시내에서 4 킬로미터쯤 떨어진 숲속에서

(언젠가 내가 오월제 아침 축제[5]에 참여하려고

헬레나와 함께 있던 너를 만난 적 있는)

바로 그 숲에서 너를 기다릴게.

허미아 좋아, 라이샌더!

큐피드의 가장 강력한 활에 대고,

금촉이 달린 최상의 화살[6]에 대고,

---

5) 오월제는 5월 1일 열리는 영국의 민속 축제로 아침에 숲에서 꽃과 가지를 꺾어 마을로 가져와 화관을 만들어 오월의 여왕을 장식하고 장대를 세워 그 주위를 돌며 춤추고 놀이를 하며 하루를 즐긴다.

6) 큐피드는 두 종류의 화살을 가지고 있는데, 하나는 촉이 금으로 된 화살이고, 다른 하나는 납으로 된 화살이다. 금 화살은 사랑을 일으키고 납 화살은 미움을 일으킨다고 한다(*Arden*).

비너스의 순결한 비둘기[7]에 대고,

영혼을 맺어주고 사랑을 타오르게 하는 힘에 대고,

배반한 트로이인이 돛을 올리고 떠나가는 걸 보자

카르타고의 여왕이 몸을 던진 불길에 대고,[8]

지금까지 남자들이 깨뜨렸던 모든 맹세에 대고 약속할게.[9]

(숫자상으로는 여자들의 맹세보다 훨씬 많은)

아까 말한 숲에서

내일 밤 꼭 만나자.

라이샌더 내 사랑, 약속 꼭 지켜. 저기 헬레나가 오는군.

— 헬레나 등장

허미아 예쁜 헬레나, 잘 지냈어? 어디 가는 거야?

헬레나 내가 예쁘다고? 예쁘다는 말은 다신 하지 마.

드미트리어스는 네가 예뻐서 좋아하잖아. 넌 예뻐서 참 좋겠다!

---

7) 비둘기는 사랑과 정절을 상징하며 사랑의 여신인 비너스를 모신다.

8) 카르타고의 여왕 디도는 트로이의 영웅 아이네이아스와 사랑에 빠졌지만 아이네이아스가 그녀를 버리고 몰래 배를 타고 카르타고를 떠나가자 비탄에 빠져 불기둥에 몸을 던져 불에 타 죽는다*(Arden)*.

9) 실제로 숲으로 이동한 요정의 장난으로 라이샌더는 헬레나에게 반하며 허미아를 향한 사랑의 맹세를 깬다.

네 눈은 북두칠성, 네 혀는 달콤한 노랫소리니까.
밀이 푸르게 자라고, 산사나무에 꽃봉오리 필 때,
양치기 귀에 지저귀는 종달새 소리보다 아름다워.
병은 옮는다는데, 오 미모도 그렇다면
허미아, 가기 전에 네 미모가 옮았으면 좋겠어.
내 귀는 네 목소리를 옮고, 내 눈은 네 눈을,
내 혀는 네 혀의 달콤한 노랫소리를 옮았으면.
이 세상이 다 내 거라면, 드미트리어스만 빼고
나머지는 모두 네게 주고 너와 똑같은 모습이 될 거야.
오, 내게 가르쳐줘, 어떤 표정과 방법으로
드미트리어스의 마음을 그토록 움직일 수 있는지.

허미아 그이한테 얼굴을 찌푸려도 날 좋아하는 걸.

헬레나 오, 네 찌푸린 얼굴이 내 미소 짓는 얼굴에 기술을 가르쳐주면 좋겠다!

허미아 그이에게 욕을 해도 날 사랑하는 걸.

헬레나 오 내 기도가 그이의 사랑을 움직여줬으면!

허미아 내가 미워하면 할수록, 날 더 쫓아다니는 걸.

헬레나 내가 사랑하면 할수록, 날 더 미워하는데.

허미아 헬레나, 그 사람이 어리석은 건 네 탓이 아니야.

헬레나 네가 예쁜 탓이지, 그게 내 탓이면 좋겠어!

허미아 안심해. 이제 더 이상 내 얼굴을 보지 못할 테니까.
라이샌더와 나는 이곳을 떠날 거야.
내가 라이샌더를 만나기 전에
아테네는 낙원 같았는데.
오, 내 사랑에 웬 미덕이 있는 건지
그이는 낙원을 지옥으로 바꾸어놓았어!

라이샌더 헬레나, 너한테 우리 속마음을 털어놓을게.
내일 밤, 달의 여신이 거울 같은
물 위에 은빛 얼굴을 비춰보고
풀잎 끝에 진주 이슬을 달아줄 무렵에
(도망치는 연인들을 언제나 숨겨주는 시간에)
아테네의 성문을 몰래 빠져나갈 생각이야.

허미아 가끔 너와 내가

연노란 앵초 꽃밭에 누워서

마음속 달콤한 비밀을 털어놓던

그 숲에서 라이샌더와 만나기로 했어.

그리고서 아테네에서 눈을 돌려

새로운 친구들과 낯선 이들을 사귈 거야.

잘 있어, 아름다운 친구여! 우리를 위해 기도해 줘.

그리고 너에게 드미트리어스를 차지하는 행운이 깃들기를!

라이샌더, 약속 지켜. 내일 한밤중까지

사랑의 밥이 없어 우리 눈이 굶주릴 거야.

허미아 퇴장

라이샌더 물론이지, 허미아. 잘 있어, 헬레나.

네가 드미트리어스에게 빠져있듯, 드미트리어스도 그러기를!

라이샌더 퇴장

헬레나 누구는 누구보다 얼마나 더 행복할까!

온 아테네에서 나도 저 애만큼 예쁘다고 생각하는데

그게 무슨 소용이람? 드미트리어스가 그렇게 생각하지 않는데.

모두가 다 알고 있는 걸 알려고 하질 않으니,
그리고 그이가 허미아의 눈에 빠져서 사리를 못 가리듯이,
나도 그이의 성품에 빠져서 앞뒤를 못 가리고 있어.
사랑은 저급하고 천하며 볼품없는 걸
아름다운 자태와 가치 있는 걸로 바꿔놓잖아.
사랑은 눈이 아니라 마음으로 보는 법,
그래서 날개달린 큐피드를 장님으로 그리지.[10)]
사랑하는 마음은 판단력이 눈곱만큼도 없어
날개만 있고 눈이 없어서 무턱대고 서두르기만 해.
그래서 사랑은 상대를 고르는데 늘 속으니까
어린 아이라고 하나봐.
장난꾸러기 어린애들이 장난삼아 거짓 맹세를 하듯,
큐피드는 아무데서나 거짓 맹세를 하지.
드미트리어스가 허미아의 눈을 보기 전에는
자기는 오로지 내 거라며 우박처럼 맹세를 퍼붓다가,
우박 같던 맹세가 예쁜 허미아의 열기를 느낀 후
그만 녹아 사라져버리고 말았으니까.
가서 그이에게 예쁜 허미아가 도망간다고 말해야지.
그러면 내일 밤 숲 속으로 그이도

---

10) 사랑의 신 큐피드는 르네상스 시대 그림과 문학에서 대부분 장님으로 표현되었는데 이는 사랑의 맹목성을 상징한다.

허미아를 좇아갈 거야. 이 소식을 알려준 보답으로
고맙다는 말이라도 듣는다면 값비싼 대가를 치르는 셈이지.
그이가 숲 속을 왔다 갔다 하는 모습을 보는 건,
내 아픔을 키우는 일이겠지만 말이야.

퇴장

1막 2장

목수 퀸스, 가구장이 스너그, 직조공 보틈, 풀무장이 플루트, 땜장이 스나우트, 그리고 재단사 스타블링 등장.

퀸스 다들 모였나?

보틈 명단에 나오는 대로, 한 사람 한 사람씩, 한꺼번에[1] 이름을 부르는 것이 좋겠어.

퀸스 여기 각자 이름을 적어놓은 명단이 있어, 공작님 결혼식 날 밤, 공작님과 공작부인 앞에서 연극을 할 건데 아테네를 통틀어 우리 연극에 어울릴 거 같은 인물들을 골라낸 명단이거든.

---

1) 보틈은 각각 의미하는 "severally"를 "generally"로 착각한다. 보틈은 희극적인 인물로 무식하면서도 뭐든 아는 체 하며 극 중 말의 오용(malapropism)을 빈번히 사용한다(*Cambridge*).

보틈 피터 퀸스, 우선, 연극 내용이 뭔지 말해주라고. 그런 다음 배역들의 이름을 불러줘. 그래야 결말이 나지.

퀸스 좋아, 우리 연극은 '피라머스와 시스비의 세상에서 가장 슬픈 희극이며, 비참한 죽음'[2]이야.

보틈 내가 확신하는데, 그거 아주 멋지고 유쾌한 작품이겠는걸. 피터 퀸스, 그럼 명단에 적힌 대로 배역을 불러봐. 여보게들, 좀 널찍널찍 자리를 잡으라고.

퀸스 부르면 대답들 하게. 직조공, 닉 보틈?

보틈 여기 있어. 내가 맡을 역이 뭔지 말하고 계속해.

퀸스 닉 보틈, 자넨 피라머스 역을 맡을 거야.

보틈 피라머스가 뭐지? 연인이야 아니면 폭군이야?

퀸스 사랑 때문에 가장 용감하게 자결하는 연인이지.

---

2) 1560년대에서 70년대 사이에 쓰여진 비극 작품들의 전형적인 제목들을 희화하고 있다(*Arden*).

보틈 그렇담 실감나게 연기하면 눈물깨나 쏟겠는걸. 내가 그거 연기하면, 관객들한테 눈들이나 조심하라고 해. 눈물 폭풍우를 일으킬 테니까. 내가 꽤나 구슬프게 읊어댈 거 거든. 다음 차례로 넘어가자고. 근데 난 체질적으로 폭군 역에 맞는데. 에르클레스[3] 역이나 무대 위에서 고함치며 모든 걸 산산조각 내버리거나 허풍떠는 역이라면 잘 해낼 수 있어.

분노에 날뛰는 바위
진동하는 충격으로
지옥 문의
자물쇠를 깨부수네.
그리하여 태양신의 마차가
멀리서 빛나며
어리석은 운명의 여신들을
막아 주리니.

참 장엄하지. 자 그럼 다른 배역들의 이름을 불러 봐. 이건 에르클레스의 말투야, 폭군의 말투라고. 연인은 좀 더 애절하게 말해야지.

---

3) 그리스 신화의 영웅이자 장사인 헤라클레스(Hercules)를 잘못 발음한 것이다.

퀸스 풀무장이, 프란시스 플루트?

플루트 여기 있어요, 피터 퀸스.

퀸스 플루트, 자넨 시스비 역을 맡아야 해.

플루트 시스비가 뭔데요? 방랑하는 기사인가요?

퀸스 피라머스가 사랑하는 아가씨야.

플루트 안돼요, 제발 여자 역은 시키지 말아요. 이미 수염이 나고 있는데요.[4]

퀸스 상관없어. 자넨 가면 쓰고 연기할 테니까, 마음 내키는 대로 가느다란 소리를 내도 되거든.

보틈 얼굴을 가려도 되면, 시스비 역도 나한테 맡겨. 무지무지 작은 목소리로 '시스니, 시스니!' 할 테니까. '아, 피라머스, 내 사랑! 당신의 사랑스런 시스비, 당신의 사랑스러운 여자랍니다!'

4) 엘리자베스 시대에 연극배우는 남자만 할 수 있었고 여자 역은 변성기를 지나지 않는 소년 배우가 하였다.

퀸스 아냐, 아냐, 자넨 피라머스 역을 해야 돼. 그리고 플루트, 자네가 시스비 역이야.

보틈 그럼, 계속해봐.

퀸스 재단사, 로빈 스타블링?

스타블링 여기 있어요, 피터 퀸스.

퀸스 로빈 스타블링, 자넨 시스비의 어머니 역을 맡아야 해. 땜장이 톰 스나우트.

스나우트 여기 있어요, 피터 퀸스.

퀸스 자넨 피라머스의 아버지 역일세. 난 시스비의 아버지 역이고. 가구장이 스너그. 자넨 사자 역이야. 그럼 이렇게 해서 배역은 다 정해졌어.

스너그 사자 역 대사도 적어 놓은 거 있어요? 있거든 저 좀 주세요. 전 대사 외우는 게 더뎌서요.

퀸스 그냥 즉흥적으로 하면 돼. 그저 으르렁대기만 하면 되니까.

보틈 사자 역도 나에게 맡겨 봐. 듣는 사람들 마음이 후련해질 때까지 으르렁댈 테니. 공작님께서 들으시고 '저 녀석에게 한 번 더 으르렁대게 해봐, 다시 으르렁대게 해 보라고!' 하실 정도로 으르렁댈 테니까.

퀸스 그렇게 무섭게 으르렁댔다가는 공작부인님과 귀부인들이 겁에 질려 벌벌 떨거라고. 그렇게 되면 우리 모두 교수형감이 될 테고.

일동 암, 교수형감이지, 한 사람도 빠짐없이 말이야.

보틈 하긴 자네들 말이 맞아, 귀부인들이 얼이 빠질 정도로 놀라면 우리 목을 매다는 거 빼고는 다른 생각을 하지 못할 테니까. 그럼 목소리를 더 악화시켜[5] 젖 빠는 비둘기 새끼처럼 부드럽게 으르렁댈 거야, 종달새처럼 으르렁댈 거라고.

퀸스 자넨 피라머스 역만 하면 돼. 피라머스는 얼굴이 잘생긴 사내

---

5) 말의 오용으로 보틈의 어리석음을 나타낸다. 실제로 그가 하려는 말은 "완화시켜"(mitigate)와 같은 말인데 "악화시켜"(aggravate)로 잘못 말한다.

야. 여름날에나 볼 수 있는 잘생긴 사내인데다가 아주 사랑스럽고 신사다운 사내라고. 그러니 자네가 꼭 피라머스 역을 맡아야 해.

보톰 그럼, 피라머스 역을 해보겠어. 피라머스 역을 잘 하려면 어떤 수염을 붙이는 게 좋을까?

퀸스 자네 맘대로 붙이라고.

보톰 밀짚 빛깔의 수염이나, 주황빛 수염이나, 자줏빛 물들인 수염이나, 아니면 프랑스 금화 빛 수염이나, 진짜 샛노란 수염 중에 골라서 붙여야지.

퀸스 프랑스인의 머리엔 머리카락 한 올도 없는 경우도 있으니까[6] 수염을 달면 안 돼. 어쨌든, 여보게들, 여기 각자 역할이니 간청하고, 요청하고, 바라건대, 내일 밤까지는 다 외워서 달밤에 성문 밖 1 킬로미터 떨어진 궁정 숲에서 만나자. 거기서 연습을 할거야. 시내에서 모였다간 사람들이 끈질기게 따라붙어서 우리 계획이 탄로 날 테니까. 그동안 나는 우리 연극에 필

---

6) 당시 영국인들이 매독을 "프랑스 병"이라 불렀는데, 이 병에 걸리면 대머리가 된다고 생각했다(*Cambridge*).

요한 소도구들 목록을 만들겠어. 그럼 부디, 빠짐 없이 모여야 해.

보틈 물론이지. 거기서 가장 은밀하고 대담하게 연습을 해보자고. 수고들 하시고, 대본 확실히 외워야 해. 잘 가게!

퀸스 공작님 참나무에서 만나기로 하세.

보틈 알았어. 활줄이 끊어지건 말건 반드시 가야지.

모두 퇴장

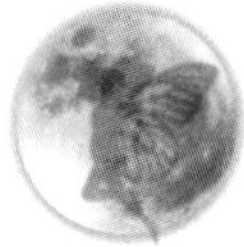

2막 1장

요정이 한 쪽 문으로, 퍽이 다른 쪽 문으로 등장

퍽 어머, 요정아! 어딜 돌아다녀?

언덕을 넘고, 골짜기를 건너
　수풀을 헤치고, 찔레 덤불을 지나
사냥터를 지나고, 울타리를 넘어
　물속을 헤치고, 불 속을 뚫고
하늘을 달리는 달보다도 빨리
어디든지 돌아다닌다네.
난 요정 여왕님께 시중드는 몸이라
이슬로 풀밭 위에 원을 그리지.
키다리 앵초꽃은 여왕님의 호위병들.
금빛 윗옷에 반짝이는 반점들은

여왕님이 내려주신 루비
반점 알알이 향기가 깃들어 있다네.
난 가서 이슬 방울을 찾아
모든 앵초꽃의 귀에 진주 귀걸이를 달아줘야 해.
잘 있어, 시골뜨기 요정! 난 갈 거야.
우리 여왕님과 요정들이 곧 이리로 오실꺼야.

퍽 요정 왕께서 오늘밤 여기서 잔치를 베푸실 거야.
여왕님은 눈에 띄지 않도록 조심하셔야 할 걸,
오베론 왕께선 몹시 진노해 벼르고 계시거든.
여왕님께서 인도 왕에게서 훔쳐온
사랑스러운 소년을 시종으로 데리고 있어서 그래.
여왕님한테 그처럼 귀여운 업둥이는 없었거든.
질투심 많은 오베론 왕이 그 아이를
거친 숲속을 누빌 수행원 기사로 삼고 싶어 하시는데,
여왕님이 그 사랑스러운 아이를 억지로 감춰두시고
화관을 씌우고는 그 아이를 유일한 낙으로 삼고 계시거든.
그래서 두 분께선 숲에서든 들에서든,
맑은 샘가에서든, 반짝이는 별빛 아래서든
만나기만 하면 싸우셔서 요정들은 모두 무서워서
도토리 껍질 속에 기어들어가 숨어버려.

요정 네 모습과 얼굴을 잘못 본 게 아니라면
분명 넌 짓궂은 장난꾸러기 요정
로빈 굿펠로우[1]란 놈이지? 네놈이
시골 처녀들을 놀라게 하고
우유에서 크림을 떠내거나 때로는 맷돌 안에서 장난을 쳐
아낙네들을 숨이 끊어지도록 거품기를 헛돌리게 하고,
때로는 술에서 효모를 빼버려 술맛을 망쳐놓고,
밤길 가는 나그네를 헤매게 해서 곤경에 빠진 걸 보고
웃어대는 바로 그 요정이지?
널 도깨비니, 귀염둥이 퍽이니 불러주는 자들에센
도움을 주고 행운을 안겨주는
바로 그 녀석이 아니야?

퍽 네 말이 맞아.
내가 바로 그 즐거운 밤의 방랑자야.
오베론 왕에게 익살을 부리고,
암망아지로 변장해 히히힝하고 울어대며
콩 먹고 살찐 수말을 속여서 왕을 웃게 만들지.
때론 삶아낸 능금으로 변장해서

1) 영국 민담에 등장하는 요정으로 여러 가지 몹쓸 장난질을 하면서 스스로 내키거나 잘 달래면 허드렛일도 도와주는 것으로 알려져 있다. 원래 이름은 "로빈 굿펠로우"지만 여기서는 "퍽"으로 불린다.

수다쟁이 노파의 술잔 속에 숨어들었다가
마시려는 순간, 입술을 탁 쳐서
늘어진 목덜미에 술을 쏟게 만들기도 하지.
똑똑한 체 하는 아주머니가 슬픈 이야기를 하며
나를 세발 다리 의자로 잘못 알고 앉을 때
내가 엉덩이에서 슬쩍 빠져나오면, 엉덩방아를 찧으며
'아이쿠, 궁둥이야!' 하고 소리를 지르며 헛기침을 해대지.
그러면 듣고 있던 사람들이 다 허리를 잡고 웃다가
자지러져, 재채기를 하면서 그렇게 재미있는 일은
생전 처음이라고들 법석을 떨곤 하지.
하지만, 요정아, 비켜라! 여기 오베론 왕께서 납신다.

요정 그리고 저기 여왕님이 오시네. 왕께선 안 오셨으면 좋으련만!

—

요정들의 왕 오베론이 시종들을 거느리고 한 쪽 문으로,
여왕 티타니아는 시녀들을 거느리고 다른 쪽 문으로 등장

오베론 콧대 높은 티타니아, 달밤에 잘못 만났군.

티타니아 질투심 많은 오베론? 뭐라고요? 요정들아, 어서 저리로 가자.
난 저 이와 잠자리도 안하고 상종도 안하기로 했으니까.

오베론 괴팍한 변덕쟁이야, 기다려! 내가 그대의 남편이 아니던가?

티타니아 그럼 난 당신의 부인이겠죠. 하지만
당신이 몰래 요정 나라를 빠져나가
목동으로 변장해 하루 종일 앉아서
사랑스러운 목동 처녀에게 보리피리를 불어주고
사랑의 노래를 불러주던 걸 알아요, 머나먼 인도 끝에서
이리로 왜 온 거죠?
정말이지, 당신의 사냥 장화 신은 정부요,[2] 전사 애인인
지 용맹한 아마존 족의 여왕이
테세우스와 결혼하니까, 두 사람 잠자리에
즐거움과 풍요를 주려고 온 거 아니던가요?

오베론 티타니아, 어째서 당신은 창피한 줄도 모르고
당신이 테세우스를 사랑한 일을 내가 알고 있는 걸 알면서도
히폴리타에 대한 내 신의를 넘겨짚을 수가 있소?
페리게니아를 겁탈한 테세우스가 희미한 밤중에
몰래 도망치게 인도해준 것도 당신이 한 일이지?
또 테세우스가 아름다운 에이글레스, 아리아드네,
안티오파와 사랑의 서약을

---

2) 히폴리타는 아마존의 여왕이었을 뿐만 아니라 사냥꾼이기도 하다

깨게 만든 일도 그렇고?[3]

티타니아 그건 다 당신 질투심이 꾸며낸 거짓말이에요.
한여름에 접어들면서 우리가 언덕 위에서나,
골짜기에서나, 숲에서나, 목장에서나,
돌 깔린 샘가에서나, 골풀 우거진 시냇가에서나,
바닷가 모래밭에서 만나
휘파람 불어주는 바람소리에 맞추어 원무를 추려고 하면,
당신은 늘 소란을 피워 우리 놀이를 망쳐놓았어.
바람이 우릴 위해 불어준 휘파람이 소용없자,
복수하듯 바다에서 독기 뿜은 안개를
빨아올려 땅 위에 뿌려대니
모든 시내에 물이 부풀어 올라
강둑이 넘쳐흘렀지요.
그래서 황소가 멍에를 메고 쟁기질한 일도 허사가 되고,
농부가 땀 흘린 일도 헛수고가 되었으며, 푸르른 곡식은
이삭에 수염도 나기 전에 썩어버렸지요.
양 우리는 물에 잠긴 들판에 텅 빈 채 남아 있고,
까마귀는 병들어 죽은 양떼 고기를 뜯어먹어 살찌고,

---

3) 페리게니아, 에이글레스, 아리아드네, 안티오파는 모두 테세우스가 한 때 사랑하다 버린 여자들이다.

모리스 춤 터[4]도 진흙으로 뒤덮이고,
무성한 잔디밭에 새겨진 정교한 미로길 표시도
아무도 밟지 않아 사라져 버렸어요.
인간들은 겨울철의 생기를 잃어버려
밤에도 찬송가나 축가는 들을 수가 없어요.
그래서 홍수를 관장하는 달의 여신도
노여움에 파랗게 질려서 하늘을 온통 습기로 채우니,
눈물 콧물을 흘리는 사람들 천지야.
이처럼 기후가 변덕을 부리니,
계절이 바뀌어 백발의 서리가
싱그러운 진홍빛 장미 꽃잎에 내리는가 하면,
아름다운 여름 꽃봉오리가 향기로운 화관이
늙어빠진 동장군의 앙상하고 얼어붙은 대머리 위에
조롱이라도 하듯 얹혀있어요. 봄, 여름,
결실의 가을, 성난 겨울이, 모두
원래 옷을 바꿔 입고, 이런 일이 심해지자,
세상은 놀라서, 어느 계절인지 분간도 못해요.
이런 여러 가지 재앙들이 생긴 것도
모두 우리 싸움 때문이고, 불화 때문이니,

---

4) 모리스는 여름철 시골에서 즐기던 야외 놀이 중 하나로 잔디밭에 칼로 판을 그려놓고 돌이나 나무 조각을 말로 삼아 두 사람이 놀던 서양장기 비슷한 놀이다(*Cambridge*).

우리야말로 재앙의 원흉이에요.

오베론 그렇담 당신이 마음을 고쳐먹어. 당신한테 달려 있는데.
어째서 티타니아가 남편 오베론을 거역하는 거지?
난 그저 그 작은 업둥이 아이를
내 시동으로 삼고자 달라는 것뿐이오.

티타니아 그만두세요.
요정 나라를 다 준다 해도 그 애를 팔지 않겠어요.
그 애 엄마는 내 말에 충성하는 여신도였어요.
밤이면, 인도의 향신료 향기를 맡으며
항상 내 곁에서 세상 이야기를 해주기도 하고,
바닷가 황금빛 모래밭 위에 나란히 앉아서
물 위를 떠나가는 상선을 바라보며
돛이 음탕한 바람을 맞아 임신한 듯
배가 부풀어 오른 걸 보고 웃곤 했지요.
그녀는 헤엄치듯 어여쁜 걸음걸이로
(그때 내 어린 시종을 임신해서 배가 불룩했는데)
배를 따라가며 흉내 내거나 육지 위를 항해하다가,
마치 배가 상품을 가득 싣고 항해에서 돌아오듯,
조그마한 선물들을 주워서 되돌아오곤 했지요.

하지만 인간이어서 그 애를 낳다가 죽었어요.
그러니 그녀를 위해서 내가 그 애를 돌봐주고
그녀를 위해서 그 애와 떨어질 수 없어요.

오베론 이 숲에 얼마나 더 머물러 있을 생각이오?

티타니아 아마 테세우스의 결혼식이 끝날 때까진 있을 거예요.
당신이 얌전히 우리와 함께 원무를 추고,
달밤에 우리 향연을 구경할 생각이면 같이 가세요.
싫으면 피하시든가. 나도 당신이 드나드는 곳은 피하겠어요.

오베론 그 아이만 내게 넘겨 그러면 같이 갈 테니.

티타니아 요정 나라를 다 준다 해도 안돼요! 요정들아, 가자!
더 있다간 또 싸우기만 하지.

— 티타니아와 시녀들 퇴장

오베론 좋아, 갈 테면 가보라지. 나를 모욕한 대가로
혼내줄 때까진 이 숲을 빠져나갈 순 없을 거야.
퍽, 이리 오너라. 너 기억나니?

전에 내가 바닷가 벼랑 끝에 앉아
인어가 돌고래의 등에 올라타 부른
아름답고 감미로운 화음이 담긴 노래를 들었을 때,
거칠던 바다도 잠잠해지고
별들도 그 바다 아가씨 노래를 들으려고
궤도에서 미친 듯이 떨어져 빛나던 일을 말이야.

퍽 기억하고 있지요.

오베론 바로 그때 (너는 보지 못했지만) 내가
활을 든 큐피드가 차가운 달과 지구 사이로
날고 있는 걸 봤거든. 서쪽에서 왕좌에 앉은
아름다운 처녀왕[5]을 겨냥해 맞히려고
마치 수십만의 가슴이라도 뚫고 나갈 듯이
활을 당겨 사랑의 화살을 힘껏 쏘았거든.
하지만 난 그 어린 큐피드의 불화살도
순결하고 습기 찬 달빛[6] 속에 꺼지며
위풍 넘치는 처녀왕은 사랑의 열병에 걸리지 않고

---

5) 서쪽에서 등극한 아르다움 처녀왕은 셰익스피어 시대 때 처녀왕인 엘리자베스를 지칭하는 말이었다.
6) 달은 물과 순결의 화신이므로 큐피드 사랑의 불을 끌 수 있다는 의미로 해석할 수 있다.

처녀다운 명상에 잠긴 모습을 봤어.
헌데 내가 큐피드 화살이 떨어진 곳을 눈 여겨 보니,
서쪽 나라의 작은 꽃 위에 떨어졌어.
원래 우유 빛 하얀색이던 꽃이 사랑의 상처를 받아 보랏빛이 되서,
처녀들이 '게으른 사랑의 꽃'[7] 이라고 부르지.
전에 너에게 보여준 적 있는 그 꽃을 가지고 와라.
잠자는 눈꺼풀에 꽃즙을 떨어뜨리면
남자든 여자든 눈을 떠서 처음 보는
살아 있는 것에 미치도록 빈하고 말지.
내게 그 꽃을 가져 오너라. 고래가
십리를 헤엄쳐 가기 전에 이곳으로 돌아와야 한다.

퍽 40분 안에 지구라도 한 바퀴 돌고
오겠습니다.

오베론 일단 이 꽃즙만 손에 넣으면,
티타니아가 잠든 틈을 타서
눈에 즙을 떨어뜨리겠어.

---

7) 야생 팬지꽃을 의미하며 게으른 사랑은 당시 궁정 사랑(courtly love)의 특성이기도 하다.

그러면 잠에서 깨 처음 보는 것을
(사자건, 곰이건, 늑대건, 황소건,
성가신 원숭이건, 수선스러운 잔나비건)
사랑의 일념으로 그 뒤를 쫓아갈 테지.
티타니아 눈에서 이 마법을 풀어주기 전에
(다른 꽃으로 마법을 풀 수 있으니까)
내게 업둥이 시동을 넘겨주게 해야지.
헌데 여기 누가 오는데? 난 사람 눈에 보이지 않으니
저들이 하는 말을 엿들어 봐야지.

— 드미트리어스 등장, 헬레나 뒤따라 등장

드미트리어스 난 너를 사랑하지 않아. 그러니까 날 따라오지 말라니까.
라이샌더와 아름다운 허미아는 어디 있어?
한 사람은 내가 죽일 거지만, 또 한 사람은 나를 죽이는군.
걔들이 이 숲 속에 숨을 거라고 네가 말했지.
그래서 여기까지 쫓아왔는데 허미아를 찾을 수 없으니
이 숲 속에서 화가 나 미칠 것만 같아.
그러니까 가라고. 더 이상 쫓아오지 말란 말이야.

헬레나 매정한 자석처럼 네가 날 끄는 걸 어떡하라고.

하지만 넌 쇠붙이를 끌어당기는 게 아니라 강철 같은 진실한 내 맘을 끌어당겨. 네가 끄는 힘을 버리면 내가 너를 따라갈 힘이 없어질 테니까.

드미트리어스 내가 너를 유혹하길 하니? 살가운 말을 건네니? 오히려 너를 사랑하지도 사랑할 수 없다고 솔직하게 말하고 있잖아?

헬레나 그렇게 말하니까 내가 너를 더 사랑하는 거야. 난 너의 애완견이야. 그러니 드미트리어스, 네가 날 때리면 때릴수록 너한테 더 꼬리칠 거야. 날 그냥 네 애완견처럼 대해줘. 발길로 차고, 때리고, 모른 체 하고 잃어버려도 좋아. 그럴 가치가 없어도 널 따라다니는 일만 허락해줘. 네 애완견을 다루듯이 대해 달라는 것보다 애정의 서열에 있어서 더 천박한 처지가 있을까? 하지만 그 자리도 나한텐 영광스러운 자리지.

드미트리어스 널 증오하는 내 마음을 더 부추기지는 마. 너를 보기만 해도 구역질이 나니까.

헬레나 난 너를 못 보면 마음이 아픈 걸.

드미트리어스 넌 정숙하다는 게 뭔지 전혀 모르는 애 같아.
시내를 빠져나와 너를 싫어하는
남자의 손에 너를 맡기고,
무슨 일이든 일어날 수 있는 밤과
사악한 꾐이 도사리는 인기척 없는 곳에
비싼 네 처녀성을 내맡기고 있으니 말이야.

헬레나 네 좋은 성품 덕에 내가 이런 위험을 무릅쓰는 거야.
네 얼굴을 보고 있으면 그건 밤이 아니야.
그래서 지금 밤이라고 생각지 않아.
게다가 이 숲 속에 인기척이 없는 것도 아니고.
너야말로 내게 온 세상이니까.
온 세상이 나를 지켜봐 주고 있는데
어째서 내가 혼자라는 생각이 들겠어?

드미트리어스 너한테 도망쳐서 덤불 속에 숨어버릴래,
짐승들 처분에 너를 맡겨버릴 거라고.

헬레나 아무리 사나운 맹수라도 너처럼 가혹하진 않을 거야.

도망가고 싶으면 도망가. 그러면 이야기가 달라질 테니까.
아폴로가 달아나고, 다프네가 그 뒤를 쫓고,
비둘기가 독수리를 쫓고, 온순한 암사슴이
호랑이를 잡으려고 빨리 달려간다고. 속도 내도 소용없어.
겁쟁이가 쫓아가고 용자가 도망치는 마당에 말이지!

드미트리어스 너랑 입씨름 할 틈 없어. 비켜.
그래도 날 따라온다면, 숲 속에서 너한테
무슨 못된 짓을 할지 나도 장담 못해.

헬레나 알아. 신전에서나, 시내에서나, 들에서나,
늘 나한테 못된 짓만 하잖아. 드미트리어스, 못됐어!
네 못된 짓은 우리 여자들을 욕보이는 일이야.
우리는 남자들처럼 사랑을 얻으려고 싸우지 않아.
우리는 구애를 받아야지 구애하는 입장이 아니라고.

[드미트리어스 퇴장]

널 따라갈 거야. 내가 이리도 사랑하는 네 손에 죽는 건
지옥을 천국으로 만드는 일이니까.

퇴장

오베론 잘 가라, 요정아. 그 자가 이 숲을 떠나기 전에
그 자를 피하는 건 너고, 네 사랑을 쫓는 건 그 자가 될 테니.

퍽 등장

어서 와라, 떠돌이. 그 꽃은 가져왔느냐?

퍽 네, 여기 있습니다.

오베론 어서 나한테 줘.
야생 백리향이 우거진 언덕을 알고 있지
거기에 앵초며 고개 숙인 제비꽃이 자라고,
감미로운 인동넝쿨로 덮여 있으며,
향기로운 사향장미와 찔레꽃이 가득 해.
밤이면 티타니아는 그곳에서 즐겁게 춤추는
노래하는 꽃들의 자장가를 들으며 잠이 들곤 하지.
거기서 뱀이 에나멜 허물을 벗는데
요정 하나를 감쌀 만큼 넓은 옷이 되지.
그러면 이 꽃즙을 티타니아 눈에 발라서

흉측한 환상에 사로잡히게 해야지.
너는 그걸 좀 가지고 이 숲 속을 뒤져서
경멸에 찬 젊은이에게 푹 빠져 있는
아름다운 아테네 처녀를 찾아라. 그 자의 눈에 발라서
눈을 떠 맨 처음 보는 사람이
바로 그 처녀여야 하느니라. 그 자는
아테네인 복장을 하고 있으니 바로 알아 볼 수 있어.
그 처녀가 그 자를 사랑하는 것 보다 그 자가 더 홀딱 빠지도록
조심해서 잘 해야 한다.
첫 닭이 울기 전에 돌아와야 한다.

퍽 공작님, 걱정 마십시오, 그렇게 하겠습니다.

모두 퇴장

2막 2장

요정들의 여왕, 티타니아가 시녀 요정들을 거느리고 등장

티타니아 자, 다들 원무를 추며 요정의 노래를 부르렴.
그리고서, 한 이십 초쯤 후에 물러들 가라.
몇몇은 사향장미 봉오리 속 자벌레를 잡아주고,
몇몇은 박쥐와 싸워 날개를 떼어다가
내 작은 요정들의 외투를 만들어주고, 몇몇은
앙증맞은 요정들을 보고는 밤마다 신기한 듯 울어대는
저 요란한 부엉이를 쫓아내라. 자 이젠 노래를 불러 재워다오,
그런 다음 너희들은 각자 맡은 일을 보고, 난 쉬어야겠다.

요정들 노래한다.

요정 1 혓바닥 갈라진 얼룩진 뱀들아,

가시 돋친 고슴도치들아, 얼씬도 말아라.

도롱뇽, 도마뱀도, 해코지하지 말고

여왕님 가까이 오지도 말아라.

코러스 나이팅게일이여, 아름다운 선율로

달콤한 자장가를 불러다오,

자장, 자장, 자-아장, 자장, 자장, 자-아장,

어떤 위험도 주술도, 마법도

여왕님 가까이엔 오지 말거라.

자장가 들으시며 안녕히 주무세요.

요정 1 실 짓는 거미들아, 여기엔 오지 말고,

다리 긴 왕거미들아, 저리로 가라,

검은 딱정벌레도 가까이 오지 말고,

벌레도 달팽이도 물러가라.

코러스 나이팅게일이여, 아름다운 선율로.

티타니아가 잠이 든다.

요정 2 자, 가자! 이제 다 잘 됐다.
한 명만 멀리서 보초를 서거라.

[요정들 퇴장]

오베론 등장 [티타니아의 두 눈에 꽃즙을 짜 바른다.]

오베론 잠에서 깨어 그대가 맨 처음 보는 것을
진정한 애인으로 삼을 거야.
그자를 위해 사랑하고 괴로워하겠지.
그게 살쾡이건, 고양이건, 곰이건,
표범이건, 털이 억센 멧돼지건,
눈을 뜰 때 그대 눈에
보이는 게 바로 연인이야.
끔찍한 게 가까이 오면 깨어나라.

[퇴장]

라이샌더와 허미아 등장

라이샌더 내 사랑, 숲 속을 헤매느라 지쳐 보여.

사실 나도 길을 잃어버렸어.
허미아, 너만 괜찮다면 우리 좀 쉬자.
날이 밝아 안심될 때까지 좀 기다리자.

허미아 그러자, 라이샌더. 넌 네 잠자리를 찾아봐,
난 여기 이 언덕을 베개 삼아 누울 테니까.

라이샌더 잔디 한 자리면 우리 둘 베개로 충분할 텐데.
마음이 하나니 잠자리도 하나, 가슴은 둘이지만 사랑은 하나.

허미아 라이샌더, 그러지마. 제발, 부탁이야.
저 만큼 떨어져 누워. 그렇게 가까이 눕지 마.

라이샌더 오 내 순순한 마음을 알아줘!
사랑은 말해야 서로의 참뜻을 알 수 있는 거니까.
내 말은 내 마음이 네 마음과 맺어져 있어서
오로지 한 마음이 될 수 있다는 말이야.
두 개의 가슴이 하나의 맹세로 묶여 있으니,
가슴은 둘이지만 사랑은 하나라는 말이야.
그러니 네 옆에 눕는 걸 싫다고 하지 마.

허미아, 옆에 누우려고 거짓말 하는 게 아니라고.[1]

허미아 라이샌더는 말장난도 참 잘 하네.
네 얘기를 같이 눕자는 뜻으로 받아들인 거라면,
내 행실과 자존심은 저주를 받아도 싸.
하지만, 착한 친구야 사랑과 정중함으로
점잖게 더 멀리 떨어져 누워.
순결한 총각과 처녀에게
어울린다 할 만큼 멀리 떨어져
누워. 잘 자, 다정한 님아.
네 소중한 생명이 다하도록 네 사랑이 변치말기를!

라이샌더 그 아름다운 기도엔 이 말밖에, 아멘, 아멘.
내 사랑 다하는 날 이 생명도 다하도록!
난 여기서 잘게. 자면서 편히 쉬어.

허미아 그 소원의 절반으로 네 눈도 잠들기를.

그들 잠이 든다.

---

1) 라이샌더는 "For lying so, Hermia, I do no lie"라고 말하는데 여기서 "lie"가 "눕다"와 "거짓말 하다" 두 가지 의미로 쓰이기 때문에 동음이의어를 이용한 말장난으로 볼 수 있다.

퍽 등장

퍽 숲 속을 샅샅이 뒤졌는데
아테네 청년은 찾을 수가 없네.
사랑을 일으키는 이 꽃즙을
그자의 눈에 시험해야 봐야 하는데.
적막한 밤에 이게 누구야?
아테네 옷을 입고 있군.
주인님이 말씀하신 아테네 처녀를
멸시했다는 자가 저 녀석이군.
그래서 여기 그 처녀가 축축하고 더러운
땅바닥에 곤히 잠들어 있구나.
매정하고 버릇없는 이 녀석 곁에
가엾은 처녀는 감히 눕지도 못하는구나.
이 녀석아, 이 마법 꽃의 온 힘을
네놈 눈에 몰아넣을 테니,
잠에서 깨거든 사랑에 미쳐서
네놈 눈꺼풀에 잠이 내려앉지 못할 거야.
그러니 내가 떠난 뒤 눈을 떠라.
난 이제 오베론 왕께 가야 하니까.

— 퇴장

— 드미트리어스와 헬레나가 뛰어서 등장

헬레나 날 죽여도 좋으니 기다려, 드미트리어스!

드미트리어스 날 따라오지 말고, 저리 가라니까.

헬레나 오, 어둠 속에 날 내버려두고 갈 거야? 그러지 마!

드미트리어스 여기 있어, 안 그럼 위험해. 나 혼자 갈 거야.

— 퇴장

헬레나 아, 바보같이 쫓아가느라 숨 가빠 죽겠네!
난 기도를 드릴수록 은총을 덜 받나봐.
지금 어디서 자고 있든 허미아는 행복하겠다.
그 애 눈은 축복받고 매력적이니까.
그 애 눈은 어쩌면 그리도 맑지? 짠 눈물 때문은 아니야
내가 더 자주 눈물에 눈을 씻으니까.
아냐, 아냐, 난 곰처럼 못생긴 거야.

짐승들도 날 보면 무서워서 도망치는 걸.
그러니 마치 괴물이라도 보듯, 드미트리어스가
내 앞에서 도망치는 게 이상한 일도 아니야.
어떤 사악한 거울이 나를 속여 내 눈과
허미아의 샛별 같은 눈을 비교하라 했을까?
하지만 이게 누구야? 땅바닥에 라이샌더가?
죽었나? 잠들었나? 핏자국도 없고, 상처도 없네.
라이샌더, 살아있으면 일어나.

라이샌더 [눈을 뜨며]
사랑스러운 그댈 위해서라면 불속에라도 뛰어 들겠어!
맑고 투명한 헬레나! 자연이 기교를 부려
네 가슴을 통해 마음이 드러나는구나.
드미트리어스는 어디 있어? 아, 그 고약한 이름이야말로
내 이 칼로 죽여 마땅한 이름이지!

헬레나 그러지 마, 라이샌더. 그런 소리 하지 마.
드미트리어스가 허미아를 사랑한들 뭐 어때서?
허미아는 여전히 널 사랑하잖아 그러니 만족해.

라이샌더 허미아로 만족하라고? 천만에. 허미아와 함께

보낸 지루한 시간들을 후회하고 있어.
난 허미아가 아니라 헬레나를 사랑하고 있어.
비둘기를 까마귀로 바꿀 사람이 어디 있겠어?[2)]
인간의 욕망은 이성이 지배하는 법인데
이성이 네가 더 훌륭한 처녀라고 말하고 있어.
자라는 열매는 제 철이 되어야 익는 법인데
지금까진 나도 어려서 이성이 덜 성숙했었지.
이제 분별력이 정점에 도달하고 보니,
이성이 내 욕망의 안내자가 되어
네 눈으로 날 인도하고 있어. 네 눈 속에서
가장 값진 사랑 책에 담긴 사랑 얘기들을 읽어내.[3)]

헬레나 어째서 이토록 심한 조롱을 받자고 내가 태어난 걸까?
내가 너한테 이런 모멸 받을만한 짓이라도 했니?
드미트리어스한테 따뜻한 눈길 하나 받지
못했고, 앞으로도 받을 수 없다는 것만으로도
충분하지 않니, 충분하지 않으냐고?

---

2) 추한 것과 아름다운 것을 바꾼다는 비유로 허미아는 까마귀처럼 피부가 까무잡잡하고 헬레나는 비둘기처럼 하얗다는 것을 의미하기도 한다.

3) 사랑은 여자의 눈 속에서 제일 먼저 탐지되어 여자의 눈은 사랑의 교리를 찾아낼 수 있는 책이 된다(*Cambridge*).

또 뭐가 모자라 못난 나를 조롱하느냐 말이야?
정말이지, 너무 심해, 정말 너무 심해.
그런 모욕적인 말투로 나한테 구애를 하다니!
하지만 잘 가. 솔직히 말해서
네가 좀 더 진실한 신사인 줄 알았어.
오, 한 여인이 한 남자에게 거절당해서
다른 남자에게 모멸을 받아야 하다니!

퇴장

라이샌더 헬레나가 허미아를 못 봤어. 허미아, 거기서 잠이나 자.
다시는 라이샌더 곁에 오지 마.
너무 달콤한 것을 과식하면
위에 극도로 거북함이 생기는 것처럼,
사람들이 이탈하는 이단은
속았던 자들이 가장 증오하는 것처럼,
넌 내가 과식한 단 것이고 이단이고,
모두 싫어하지만 내가 가장 싫어하는 사람이야!
내 모든 힘, 너한테 준 사랑과 힘을
헬레나를 우러러보고 헬레나의 기사가 되는데 바칠 거야.

퇴장

허미아 [눈을 뜨며] 도와줘, 라이샌더, 도와줘! 온 힘을 다해
내 가슴에 기어가는 이 큰 뱀을 떼 내줘!
어머나, 끔찍해라! 무슨 꿈이 이래?
라이샌더, 무서워서 떨고 있는 것 좀 봐.
독사가 내 심장을 파먹고 있는 거 같았는데
넌 잔인한 먹잇감이 되는 걸 보며 앉아서 웃고만 있다니.
라이샌더! 아니, 어디 갔나? 라이샌더! 내 남편!
뭐야, 안 들려? 갔어? 아무런 소리나 말도 없이?
어쩌면 좋아, 어디 있어? 내 말 들리거든 말 좀 해봐.
날 사랑한다면 말해보라고! 무서워서 기절할 지경이야.
없어? 그럼 근처에 없나 보네.
너든 죽음이든 바로 찾아낼 거야.

퇴장

[티타니아 여전히 잠들어 있다.]

3막 1장

[티타니아 여전히 잠들어 있다.]

퀸스, 보틈, 스너그, 플루트, 스나우트 그리고 스타블링 등장

보틈 다들 모였어?

퀸스 그럼, 그럼. 여기는 우리 연습 장소로 아주 안성맞춤이군. 이 푸른 잔디밭을 무대로 삼고, 이 산사나무 덤불을 분장실로 하지. 공작님 앞에서 공연하듯이 연기해 보자.

보틈 피터 퀸스!

퀸스 내 친구 보틈, 왜 그래?

보틈 이 피라머스와 시스비 희극에는 몇 가지 유쾌하지 않는 점들이 있어. 우선, 피라머스는 칼을 뽑아들고 자살을 해야 하는데, 이건 귀부인들이 견뎌내지 못할 거라고. 어떻게들 생각해?

스나우트 정말이야, 위험천만한 일이죠.

스타블링 결국 그 칼질하는 장면은 빼야 할 거야.

보틈 천만에 말씀! 나한테 다 해결할 수 있는 방법이 하나 있지. 서사[1] 하나 써 줘. 그리고 서사에서 이렇게 얘길 하는 거야. 우린 칼로 아무런 해도 입히지 않을 것이며 피라머스는 진짜로 죽는 게 아니라고 말이지. 좀 더 안심시켜 주려고 나 피라머스는 피라머스가 아니라, 직조공 보틈이라는 말도 하면 좋겠지. 이러면 아무도 무서워하지 않을 거야.

퀸스 좋아, 그런 서사 하나 쓰도록 하지. 그걸 팔육조[2]로 써야겠어.

보틈 아니, 두 음절 더 붙여서 팔팔조[3]로 해줘.

1) 여기서 서사는 프롤로그를 의미한다.
2) 시에서 8음절 행과 6음절 행이 교대로 되풀이되는 시 형식을 말한다. 노래나 발라드에 가장 흔히 사용되는 형식이다.
3) 보틈이 참견하기 좋아하고 지기 싫어하는 성격을 보여준다.

스나우트 귀부인들이 사자를 무서워하지 않을까요?

스타블링 틀림없이 무서워할 거예요.

보틈 여보게들, 잘들 생각해서 해야 해. 귀부인들 사이로 사자를 끌고 오는 건, (하느님 맙소사!) 정말 끔찍한 일이야. 살아있는 사자보다 더 무서운 들짐승은 없으니까. 이 점을 조심해야 해.

스나우트 그러니까 서사 하나를 더 써서 진짜 사자가 아니라고 일러줘야죠.

보틈 아니야, 사자 역을 맡은 자의 이름을 말해야 해. 그리고서 사자 목에서 얼굴을 반쯤 내밀고 직접 이렇게 저렇게 대사를 하며 둘러대는 거야. '숙녀 여러분', 또는 '아름다운 숙녀 여러분, 바라건대,' 또는 '청하건대,' 또는 '간절히 원하건대, 겁내지 마시고 떨지 마시기를. 제 목숨을 걸고 여러분을 지켜드리겠습니다. 제가 진짜 사자로서 이곳에 나와 있다고 생각하신다면, 제 목숨이 불쌍합니다. 아닙니다, 전 절대로 사자가 아닙니다. 전 다른 사람들과 마찬가지로 사람일 뿐이지요.'— 라고 말이지. 그리고는 진짜로 이름을 말하는 거야. 큰소리로 가구장이 스너그라고 일러주면 되는 거야.

퀸스 좋아, 그렇게 하자고. 하지만 그거 말고 두 가지 문제점이 더 있어. 뭐냐면, 연회장 안에 달빛을 비추는 문제인데. 다들 알다시피, 피라머스와 시스비는 달빛 아래에서 만나니까.

스너그 우리가 연극하는 날 밤에 달이 뜨나요?

보틈 달력 가져와봐, 달력! 절기를 찾아봐 - 달이 뜨는 지 찾아보라고, 달이 뜨는 지 찾아보란 말이야!

퀸스 다행이야, 그날 밤은 달이 뜨는군.

보틈 오호라, 그러면 그 큰 연회장, 우리가 연극하는 곳 말이야, 그 방 창문을 열어 놓으면 되겠네. 창문으로 달빛이 쏟아져 들어오겠지.

퀸스 그렇지, 아니면 누군가가 초롱불과 가시덤불[4]을 들고 등장하면서, 자기는 달빛 역을 손상하러, 아니, 연기하러 왔노라고 말하면 되겠군. 그리고 또 한 가지 문제가 있어. 그 큰 방 안에 돌담이 있어야 해. 이야기에 따르면, 피라머스와 시스비는 돌

4) 영국의 오래된 전설로 셰익스피어 시대에 사람들이 달 속에 등에 가시덤불을 진 사람이 살고 있다고 믿었다. 또 달에 살고 있는 사람은 개를 한 마리 데리고 다닌다고 믿었다(*Arden*).

담 구멍으로 사랑을 속삭였다고 하니까.

스나우트 돌담을 가져다 놓을 수는 없잖아요. 안 그래요, 보틈?

보틈 누군가가 돌담 역할을 맡으면 돼. 몸에 회반죽이나, 찰흙 아니면, 초벌 반죽을 몸에 발라서 돌담처럼 보이게 하고, 손가락을 이렇게 벌리고 서 있으라고 해, 벌어진 틈으로 피라머스와 시스비가 속삭이면 되지.

퀸스 그렇게 하면 이젠 다 된 셈이군 그래. 자, 모두들 자리에 앉아요. 각자 맡은 역을 연습해 보자. 피라머스, 자네부터 시작해. 대사를 다 마치고 나면, 저 덤불 속으로 들어가. 다들 자기 차례에 따라 그렇게 하는 거야.

퍽 등장 [뒤에서]

퍽 삼베옷 걸친 시골뜨기들이 여기서 뭘 으스대고들 있는 걸까?
요정 여왕님 잠자리가 바로 옆인데.
뭐, 연극을 한다고? 어디 구경이나 좀 해보자.
필요하면 배우가 돼 줄 수도 있고.

퀸스 피라머스, 말해! 시스비, 앞으로 나오고!

보톰 시스비, 역겨운 향기 달콤한 꽃이여.

퀸스 '향기로운'! '향기로운'이야!

보톰 달콤하고 향기로운 향.
내가 가장 사랑하는 시스비, 그대의 숨결도 그러하오.
하지만 쉿, 무슨 소리가! 여기서 잠깐만 기다려주오,
내 곧 그대에게로 돌아올 테니.

— 퇴장

퍽 이런 괴상한 피라머스는 일찍이 본 적이 없는 걸!

— [퇴장]

플루트 이젠 내가 대사를 외어야 하나요?

퀸스 맞아, 네가 해야지. 피라머스는 무슨 소리를 듣고 알아보러 갔으니까, 다시 돌아올 거라는 걸 잊어서는 안 돼.

플루트 눈부신 피라머스, 백합꽃 같이 하얀 살결에
무성한 넝쿨 위 진홍빛 장미 같은 화색을 한
가장 생기 넘치는 젊은이, 가장 사랑스러운 유대인,
절대로 지칠 줄 모르는 더 없이 진실한 말처럼 진실한,
피라머스, 니니의 무덤가에서 당신을 만나겠어요.

퀸스 이봐, '나이너스의 무덤'이야! 아니, 아직 그 대사를 해서는 안 돼. 그건 피라머스에게 대답할 때 하는 대사야. 넌 대사를 한꺼번에 다 해버리면 어떻게 해, 차례고 뭐고 기다리지도 않고 말이야. 피라머스, 등장해 - 네 차례가 지났어. '절대로 지칠 줄 모르는 더 없이 진실한 말처럼' 거기부터야.

플루트 아, 아직은 지칠 줄 모르는 더 없이 진실한 말처럼 진실한.

[퍽과] 당나귀 탈[5]을 쓴 보틈 등장

보틈 시스비, 내가 아무리 잘생겼어도, 난 오직 그대만의 것이니.

퀸스 오 괴물이다! 오 망측해! 귀신이 붙었어! 다들, 도망쳐! 다들 도

5) 당나귀는 '바보'를 의미하기도 한다. 퍽이 보틈에게 당나귀 탈을 씌운 것은 보틈의 어리석음을 더욱 돋보이기 위함이다.

망치라고! 사람 살려요!

— 퀸스, 스너그, 플루트, 스나우트 그리고 스타블링 퇴장

퍽 네 놈들을 쫓아가서 한바탕 뺑뺑이를 돌려줘야겠다.
늪을 지나 숲을 헤치고, 덤불 속을 뚫고 가시밭 사이로 끌고 다녀야지.
때로는 말이 되고, 때로는 사냥개로
돼지도 됐다가 머리 없는 곰도 됐다가 불길로 변신해서,
말처럼 히힝 울고, 개처럼 왕왕 짖고, 돼지처럼 꿀꿀거리고,
곰처럼 으르렁대고 불처럼 활활 타올라야지.

— 퇴장

보틈 왜 다들 도망가는 거야? 이건 나를 겁주려는 괘씸한 수작이야.

— 스나우트 등장

스나우트 오 보틈, 너 변했어! 머리에 그게 대체 뭐야?

보틈 뭐가 보인다는 거야? 네 놈 머리가 당나귀 대가리라도 된 거야?

[스나우트 퇴장]

퀸스 등장

퀸스 오 맙소사, 보틈. 맙소사! 자네 모습이 변했어!

퇴장

보틈 놈들의 수작을 알만하군. 날 당나귀 등신으로 만들어 맘껏 겁주려는 거야. 하지만 내가 어디 이 자리에서 꼼짝이나 하나 봐라. 맘대로들 해보라지. 여기서 왔다갔다 하면서 노래나 불러야지. 그래서 내가 겁먹고 있지 않다는 걸 들려줘야겠어.

[노래 부른다.]

새까만 지빠귀 수놈
부리는 밝은 황갈색
지빠귀는 노래가 너무나 곱고,
굴뚝새는 소리가 날카롭네.

[노랫소리에 티타니아가 깨어난다.]

티타니아 어느 천사가 꽃 침대에서 날 깨우는가?

보틈 [노래 부른다]

피리새, 참새, 종달새,
소박하게 노래하는 회색 뻐꾹새,
남편들이 그 노래를 알지만
아무도 아니라곤 못한다.

하긴 누가 저 따위 멍텅구리 새에게 대꾸나 하겠어? 아무리 그 놈의 새가 쉴 새 없이 '오쟁이진 사내' 하며 울어댄다고 해도,[6] 누가 감히 그 놈의 새에게 거짓말 한다고 다그칠 수 있겠냐고?

티타니아 상냥한 인간이여, 제발 다시 한 번 노래해줘요.
내 귀가 당신 노래에 홀렸으며
내 눈은 당신 모습에 반했어요.
그리고 당신의 미덕이 지닌 힘이 내 마음을 움직여
첫눈에 사랑한다고 맹세하게 하는 군요.

---

6) 뻐꾸기 소리 "쿠쿠"(cuckoo)는 "오쟁이진 남편"(cuckold)이라 부르는 것처럼 들려 남편들이 싫어하는 소리이다.

보틈 글쎄요, 부인, 제 보기엔 도무지 그럴만한 이유가 없는데요. 하기야, 솔직히 말해 요즘 세상에 이성과 사랑이 함께 하는 경우가 많지 않으니까요. 더 안타까운 건 정직한 이웃들도 이 둘을 친구로 맺어주지 않는다는 거예요. 아니, 이래 봬도 내가 때때로 농담도 할 수 있답니다.

티타니아 당신은 아름다울 뿐 아니라 지혜롭기까지 하네요.

보틈 둘 다 아니에요. 헌데 이 숲을 빠져나갈 만큼 똑똑하다면 나름대로 제 구실을 할 줄 아는 지혜는 갖춘 셈이죠.

티타니아 이 숲에서 빠져나갈 생각은 하지도 마세요.
원하든 원치 않던 여기 머무르게 될 거예요.
전 그저 보통 계급의 요정이 아니에요.
여름이 언제나 내 시중을 들고,
난 당신을 사랑해요, 그러니 저하고 같이 가요.
요정들이 당신을 모시게 하겠어요.
요정들이 깊은 바다 속에서 보석을 갖다 줄 거고,
꽃밭에서 잠들어 있는 동안 노래도 불러줄 거예요.
난 당신에게서 괴상한 인간의 육신을 벗겨내,
공기의 정령처럼 다니게 해주겠어요.

완두꽃, 거미줄, 나방, 겨자씨!

네 요정들 등장

완두꽃 여기 있어요.

거미줄 저도요.

나방 저도요.

겨자씨 저도요.

모두 어디로 갈까요?

티타니아 이 신사분을 친절하고 정중히 모시도록 해라.
산책길엔 길잡이가 되고 눈앞에선 팔딱팔딱 뛰도록 해라.
살구와 나무 딸기를 드리고
자줏빛 포도와, 초록 무화과와 오디를 따 드려라.
땅벌들에게서 꿀 주머니를 훔쳐오고,
꿀벌 넓적다리에서 밀랍을 긁어내 양초를 만들어
빛나는 개똥벌레 눈에서 불을 붙여,

우리 님 잠드실 때나 일어나실 때 밝혀드려라.
오색나비 날개를 뽑아
잠드신 눈에 비쳐드는 달빛을 부채질하여 쓸어내라.
애들아, 머리 숙여 인사드리고 예를 갖추어 모셔라.

완두꽃 인간님, 안녕하세요!

거미줄 안녕하세요!

나방 안녕하세요!

겨자씨 안녕하세요!

보틈 실례지만 진심으로 부탁하오, 성함을 좀 말씀해 주시겠소?

거미줄 거미줄입니다.

보틈 거미줄 양반, 앞으로 더 친하게 지냅시다. 내가 손가락이라도 베는 날이면 실례를 무릅쓰고 신세 좀 지겠소. 그대의 성함은, 정직하신 양반?

완두꽃 완두꽃입니다.

보틈 그럼 부탁인데, 어머님이신 완두꼬투리 여사와 아버님이신 완두깍지 선생께 안부 좀 전해주세요. 착한 완두꽃 양반, 그대의 성함은, 말씀해 주시겠소?

겨자씨 겨자씨입니다.

보틈 착한 겨자씨 양반, 당신의 참을성을 잘 알고 있어요, 저 겁 많고 몸집만 거대한 황소 고기란 놈이 당신네 집안 양반들을 수없이 집어삼켰지요. 정말이지 내 눈은 당신 친척들 때문에 눈물 꽤나 흘렸지요.[7] 착한 겨자씨 양반, 앞으로 더 친하게 지냅시다.

티타니아 자 그럼, 잘 모셔라. 내 정자로 모시고 가거라.
달님이 젖은 눈[8]으로 내려다보시는 거 같구나.
달님이 우시면, 작은 꽃들도 겁탈당한
순결을 슬퍼하며 따라 운다.

---

7) 겨자씨 일가의 신세가 불쌍하여 눈물이 난다는 것과 겨자의 톡 쏘는 맛 때문에 얼얼해져 눈물이 나는 것을 의미한다(*Arden*).

8) 달은 "이슬의 어머니"(the mother of dew)라 여겨지는데 꽃에 이슬을 맺히는 것을 비유한다.

우리 님의 혀를 잘 잠재워,[9] 조용히 모시고 가라.

모두들 퇴장

9) 보틈이 당나귀 탈을 쓰고 등장한 다음부터 무의식중에 당나귀 울음 소리를 낸다는 것을 암시한다(*Arden*).

3막 2장

요정들의 대왕 오베론 등장

오베론 티타니아가 잠이 깼는지 궁금하네.
눈을 떠 처음 본 게 무엇이든
미치도록 사랑에 빠져야하는데 말이야.

퍽 등장

여기 심부름꾼이 오는군. 장난꾸러기 요정아, 어찌 됐느냐?
이 으슥한 숲 속 밤 장난이 어떻게 되어 가냐고?

퍽 여왕님께서 웬 괴물과 사랑에 빠지셨습니다.
졸린 여왕님께서 주무시는 동안,

여왕님의 은밀하고 신성한 정자 가까이에서
아테네 장터에서 밥 벌어 먹고 사는
누더기를 걸친 무식한 직공들 무리가
테세우스 왕 결혼식에 공연하기 위해
연극 연습을 하러 모여 있었습니다.
그 멍청이들 중에서도 가장 멍청한 얼간이가
피라머스 역을 맡았는데 연습 도중에
무대를 떠나 덤불 속으로 들어갔습니다.
제가 기회를 놓치지 않고
그 놈의 머리에다 당나귀 머리를 씌워버렸지요.
마침 시스비 대사에 응답을 해야 해서
우스꽝스러운 녀석이 등자하자, 그걸 본 녀석들은
마치 몰래 기어오는 사냥꾼을 본 기러기 떼처럼
아니면 빨간 머리 갈까마귀 떼가 총소리에 놀라
일제히 날아올라 시끄럽게 울어대며
뿔뿔이 헤어져 미친 듯이 하늘을 날아다니듯
그놈을 보고 모두들 도망쳤습니다.
제 발길에 여기저기 넘어지고
살인이라고 외치며 아테네인들한테 도와 달라며 소리치고
멍청한데다 겁이 너무 많이 혼비백산하자,
생명 없는 물건들조차 놈들에게 해코지를 했습니다.

덤불이며 가시가 놈들의 옷을 찢고,
소매며 모자를 잡아채고,
겁먹은 놈들에게서 뭐든지 빼앗았지요.
이렇게 겁에 질려 정신 나간 놈들을 끌고 다니다가
변신한 피라머스만 거기에 내버려뒀지요.
그때 공교롭게도 티타니아 여왕께서 잠이 깨셔서
바로 그 당나귀와 사랑에 빠지셨습니다.

오베론 그건 내 계획보다 훨씬 더 잘 되었구나
내가 시킨 대로 그 아테네 청년 눈에
사랑의 꽃즙을, 뿌려놓았느냐?

퍽 그자가 잠들어 있는 것을 찾아서 그 일도 끝냈지요.
마침 그 아테네의 처녀도 옆에 잠들어 있었는데
잠에서 깨자마자 바로 그 처녀를 봤을 겁니다.

드미트리어스와 허미아 등장

오베론 숨어라. 바로 그 아테네 청년이다.

퍽 여자는 맞는데, 남자는 아닌데요.

드미트리어스 넌 왜 이렇게나 너를 사랑하는 사람을 비난하는 거야?
독한 말은 네 원수에게나 할 일이지.

허미아 지금은 꾸짖는 정도지만 더 심하게 대해야겠어.
넌 내 저주를 받아도 시원찮은 짓을 했으니까.
자고 있는 라이샌더를 죽인 거라면,
이왕 핏속에 발목까지 담갔으니 깊숙이 들어가 보라고
나까지 죽여보라니깐.
태양이 아무리 낮에 충실하다 해도
그이가 내게 주는 사랑만 못할 거야. 그런 그이가 잠든 허미아를
두고 도망갈 리가 있어? 차라리
이 단단한 지구에 구멍이 뚫려 달님이
그 구멍으로 빠져나가 지구 반대편 사람들에게 비추게 되어
태양의 낮 기운을 해칠 수 있다는 이야기를 믿겠어.
네가 그이를 죽인 게 틀림없어.
살인자는 죽은 듯 소름끼치는 얼굴을 하고 있는 법이니까.

드미트리어스 살해당한 사람 얼굴도 그래. 나처럼 말이야.
매섭고 잔인한 네 말이 내 가슴을 뚫어버렸어.
그런데 살인자인 네 얼굴은 저 하늘에 빛나는
비너스처럼 밝고 아름답구나.

허미아 그게 라이샌더와 무슨 상관이야? 그인 어디 있는 거야?
드미트리어스, 제발 그이를 돌려줘?

드미트리어스 차라리 그 자식 시체를 사냥개에게 던져주겠어.

허미아 이 개같은 자식아, 꺼져! 꺼지라고, 이 똥개야!
처녀 인내심의 한계를 넘게 만드는구나. 그럼 그이를 죽였어?
앞으로 넌 인간대접 못 받을 거야!
한번만 진실을 말해줘, 날 위해서라도 진실을 말해달라고.
그이가 깨어 있을 때 보기만 하다가
잠들어 있을 때 죽인거야? 참 대단한 솜씨군!
뱀이나 독사도 그런 짓을 못할까?
독사[1]가 그랬겠지. 이 독사같은 자식아,
독사라도 너보다 더 교활하고 많이 갈라진 혀로 물진 못할 거야!

드미트리어스 엉뚱한 데 화내며 흥분하는군.
난 라이샌더 피와는 무관하다고.
내가 알기론, 그 녀석은 죽지도 않았어.

---

1) 여기서 독사는 드미트리어스를 지칭하며 기만적이고 악의적인 사람을 의미한다.

허미아　그러면, 제발 그 이가 살아 있다고 말해줘.

드미트리어스　그 말을 해주는 대신 나한테 뭘 해줄 건데?

허미아　다신 날 못 보는 특권을 주지.
꼴도 보기 싫은 네 앞에서 난 이만 간다.
그이가 죽었든 살았든 다신 날 볼 생각 하지 마.

드미트리어스　저렇게 화내는데 따라가야 소용없지.
그러니 여기서 잠깐 쉬어가야겠다.
파산당한 잠이 슬픔에게 진 빚으로
슬픔의 무게가 점점 더 무거워지는구나.
어디 이젠 좀 자게 해주려나.
여기 잠깐 머물러 잠을 청하면
빚이 조금은 가벼워지겠지.

—　눕는다. [그리고 잠이 든다.]

오베론　도대체 어찌 된 일이야? 너 아주 큰 실수를 저질렀구나.
진실한 연인의 눈에 사랑의 꽃즙을 발라주다니.
네 실수 때문에 어쩔 수 없이 진실한 사랑이

잘못 되고, 잘못된 사랑이 제대로 된 꼴이구나.

퍽 그건 운명의 여신이 저지른 장난이겠죠, 세상에 맹세를 지키는 자가 백만에 하나라면, 나머지는 맹세를 차례로 깨뜨리니까요.

오베론 바람보다 빨리 숲 속을 뒤져서
아테네 처녀 헬레나를 찾아라.
상사병에 걸려 한숨을 내쉬어
젊은 피가 메말라 얼굴이 창백해지고 있어.[2)]
환영을 보여줘서라도 이곳으로 데려와라.
그 처녀가 올 때까지 이 자의 눈에 마법을 걸어 놓을 테니.

퍽 가죠, 가요, 제가 어떻게 가는지 보세요!
타타르인의 활[3)]을 떠난 화살보다도 빨리 갑니다.

오베론 [드미트리어스의 눈에 꽃즙을 쥐어짜 바르며]
큐피드 화살을 맞아

---

2) 엘리자베스 시대 사람들은 한숨 한번 쉴 때마다 심장의 피가 한 방울씩 줄어든다고 생각했다(*Arden*).
3) 타타르는 기마와 사냥으로 유명한 터키를 포함한 중앙 아시아인들을 칭하는 말이다(*Arden*).

자주빛으로 물든 이 꽃즙이
이 자의 눈동자에 스며들어라.
사랑하는 애인을 보자마자,
그 처녀는 하늘의 비너스처럼
눈부시게 빛날지어다.
잠에서 깨어 그 처녀가 곁에 있으면
사랑의 병을 고쳐달라고 애원하겠지.

— 퍽 등장

퍽 우리 요정 무리의 대장님,
헬레나가 여기 가까이 와 있습니다.
제가 착각한 그 청년도
사랑의 보답을 애원하며 여기로 오고 있고요.
이 자들이 펼치는 어리석은 연극을 좀 보시겠어요?
인간들이란 어쩜 그리도 바보 같은지!

오베론 비켜서라. 이들이 떠드는 소리에
드미트리어스가 잠에서 깰라.

퍽 그럼 둘이서 한꺼번에 한 여자에게 구애하겠네요.

그거야말로 재미있는 구경거리겠어요.
제가 가장 재미있어 하는 건
뒤죽박죽으로 벌어지는 일들이죠.

[둘이 물러선다.]

라이샌더와 헬레나 등장

라이샌더 어째서 내가 널 놀리려고 구애한다 생각하는 거야?
조롱이나 비웃음은 절대로 눈물과 함께 하질 않아.
보라고. 눈물로 맹세하잖아. 눈물에서 태어난
맹세는 애초부터 진실뿐이야.
진실을 말해주는 증표인 눈물을 흘리고 있는데
어째서 내 맹세가 너한텐 조롱으로만 보이는 거야?

헬레나 점점 더 놀리는 솜씨만 느는구나.
진실이 진실을 죽이다니, 악마의 거룩한 싸움이구나!
네 맹세는 허미아한테 하는 건데 허미아를 버리겠다는 거야?
맹세와 맹세를 저울에 달면, 무게가 똑같을 거야.
허미아와 나한테 한 맹세를 저울의 양 접시에 올려놓으면,
무게도 똑같고 둘 다 꾸며낸 얘기처럼 가벼울 거야.

라이샌더 허미아에게 맹세할 땐 분별력이 없었어.

헬레나 내가 보기엔 허미아를 버리는 넌 여전히 분별력이 없어.

라이샌더 드미트리어스는 허미아를 사랑하지, 네가 아니라고.

드미트리어스 [눈을 뜨며] 오 헬레나, 여신, 요정, 완벽하고 거룩한 그대여!
내 사랑, 그대 눈을 무엇에 비교하리?
수정도 진흙이지! 오 그대의 입술은 무르익어
입 맞추는 두 개의 앵두처럼 내 맘을 유혹하는구나!
그대가 흰 손을 들기만 하면,
동풍이 불어와 얼어붙은 저 높은 토러스 산맥[4]의
새하얀 눈도 까마귀로 변해버리지. 오 새하얀 공주여
행복의 낙인을 찍듯이 키스하게 해주오!

헬레나 아우 분통터져! 제기랄! 너희 모두
작정하고 재미삼아 날 놀려먹는구나.
교양 있고 예의를 아는 사람들이라면
나한테 이렇게 상처주진 않을 거야.
난 미워하는 걸 내가 아는 마당에 그냥 미워만 하면 되지

4) 터키 산맥을 지칭한다.

작당해서 날 놀리기까지 해야겠어?
겉으로 보기에 남자인데 진짜 남자라면
선량한 숙녀를 이렇게 대하지는 않을 거야.
속으로 날 미워하고 있는 게 분명한데도,
맹세하고 서약하며 내 외모를 칭찬하다니.
둘이 경쟁하며 허미아를 사랑하더니
이젠 경쟁하며 헬레나를 놀리는구나.
놀림거리로 만들어 불쌍한 처녀의 눈에서
눈물을 흘리게 하다니, 대단한 위엄이고 남자다운 일이야!
고상한 성품을 지닌 자라면 오로지 장난삼아
순진한 처녀의 화를 돋우고 가련한 영혼의 인내심을
빼앗아가진 않을 거야.

라이샌더 드미트리어스, 넌 참 못됐다. 그러지마.
넌 허미아를 사랑하잖아. 이건 너도 알고 나도 알잖아.
그러니 이 자리에서 선심과 진심을 다해
허미아에 대한 내 사랑 몫을 양보하겠어.
대신 헬레나에 대한 몫을 내게 넘겨.
난 지금 헬레나를 사랑하고 죽을 때까지 사랑할 거야.

헬레나 저런 헛소리로 사람을 놀리다니 이보다 더한 조롱이 어디 있어?

드미트리어스 라이샌더, 허미아는 너나 가져, 난 필요 없어.
허미아를 사랑했었다 해도 이젠 그 사랑 다 없어졌어.
내 마음은 오직 손님처럼 잠시 머물렀을 뿐,
이젠 헬레나라는 고향으로 돌아와
거기서 영원히 살 거야.

라이샌더 헬레나, 저건 거짓말이야.

드미트리어스 알지도 못하는 남의 진심을 비난하지 마,
그렇게 나오면 값비싼 대가를 치러 죽을 줄 알아.
저기 네 사랑이 온다. 저쪽이 네 애인이야.

— 허미아 등장

허미아 어두운 밤이면 눈이 볼 수 없지만
귀는 더 빨리 알아차리지.
시각이 마비될 때
청각을 두 배로 보상해주지.
라이샌더, 너를 찾은 건 내 눈이 아니라,

고맙게도 귀가 네 소리를 듣고 데리고 왔어.
어째서 그렇게 매정하게 날 떠난 거야?

라이샌더 사랑이 가라고 밀어내는데 왜 머물러 있어야 해?

허미아 어떤 사랑이 내 옆에서 라이샌더를 밀어낸 거야?

라이샌더 라이샌더의 사랑이지, 그 사랑이 밀어내더군.
아름다운 헬레나, 저 하늘에 빛나는 모든 별들보다도
이 밤을 더 아름답게 빛내주고 있어.
왜 나를 찾는 거야? 네가 싫어서
네 옆을 떠난 걸 모르겠어?

허미아 마음에도 없는 소릴 하네. 그럴 리 없어.

헬레나 저 봐! 허미아도 한통속이야.
이제야 알았어. 너희 셋이 작당해서
날 괴롭히려고 이 못된 장난을 꾸민 거로군.
괘씸한 허미아, 배은망덕한 계집애.
네가 이들과 짜고 음모를 꾸며
추악한 조롱으로 날 괴롭히려는 거지?

이제껏 우리 둘이서 주고받은 모든 속마음의 얘기며
자매의 맹세며, 우리를 갈라놓을
발 빠른 시간을 꾸짖으며 함께 보낸
즐거운 일들을 넌 다 잊은 거야?
학창 시절의 우정, 어린 시절의 순수함도?
허미아, 우리는 마치 두 솜씨 좋은 여신처럼
둘이서 같은 방석에 앉아 하나의 견본에
꽃 한 송이를 바늘로 수놓아 만들며
한 음조로 같은 노래를 부르곤 했지.
우리는 마치 손도, 가슴도, 목소리도, 마음도,
모두 한 몸이 된 듯 했어.
마치 쌍 앵두가 둘로 나뉜 것처럼 보이지만,
갈라진 상태에서 원래는 하나여서
한 줄기에 매달린 두 개의 사랑스러운 앵두처럼 함께 자랐잖아.
우리도 몸이 둘로 보이지만, 마음은 하나였잖아,
한 가문을 표시하는 문장이 처음에는 둘이지만,
한데 어울려 하나의 투구로 장식되듯 말이야.
그런데 넌 우리 옛 우정을 찢어놓고
남자들과 어울려 불쌍한 네 친구를 조롱하는 거야?
그건 친구로서도 같은 여자로서도 못할 짓이야.
상처받는 건 나 혼자지만,

모든 여성이 이 일에 대해 너를 나무랄 거야.

허미아 네가 화를 내다니 놀라워.
내가 널 조롱하는 게 아니라, 네가 날 조롱하는 것 같은데.

헬레나 네가 라이샌더를 부추겨 나를 쫓아와서
내 눈이며 얼굴을 칭찬했던 거 아냐?
조금 전까지만 해도 날 발길로 차던
네 또 다른 애인, 드미트리어스가
날 여신이니, 요정이니, 거룩하고 귀하다느니,
소중하고, 천사 같다고 말하게 했잖아? 자기가
싫어하는 여자에게 이런 말을 하겠어? 라이샌더는
네가 동조하고 부추긴 게 아니라면
영혼 속 가득 찬 너에 대한 사랑을 부인하고
정말이지 왜 나에게 애정을 쏟겠어?
내 비록 너처럼 사랑받지도 못하고,
너처럼 사랑도 따라붙지 않고, 운도 없고,
한없이 비참하게 짝사랑만 한들 뭐가 어때서?
그걸 경멸할 게 아니라 불쌍히 여겨야지.

허미아 네가 무슨 소릴 하는지 모르겠어.

헬레나 그렇군! 버텨야지. 심각한 척 하다가
내가 등 돌리면 입을 삐죽거리고
서로 눈짓하며, 신나게 장난쳐 보시지.
이런 장난은 잘만 하면 역사에 남을 테니까.
네가 동정심이나 품의나 예의란 게 있다면
이렇게 날 웃음거리로 삼진 않을 거야.
아무튼 이젠 잘 있어. 조금은 내 탓도 있으니까.
내가 죽거나 없어지면 곧 나아질 테니.

라이샌더 헬레나, 잠시 내 말을 좀 들어 줘.
내 사랑, 내 생명, 내 영혼, 아름다운 헬레나!

헬레나 오, 대단해!

허미아 자기야, 헬레나 놀리지 마.

드미트리어스 허미아가 애원해도 안 들으면 내가 힘으로 해주지.

라이샌더 허미아 애원이 소용없듯 네 힘도 소용없어.
네놈 위협은 허미아의 나약한 기도보다 나을 게 없다고.
헬레나, 널 사랑해. 내 목숨을 걸고 사랑해.

그대를 위해서라면 바칠 이 목숨에 걸어서 맹세하노니,
내가 널 사랑하지 않는다는 저 놈의 거짓말을
목숨을 걸고 밝혀낼 거야.

드미트리어스 내가 저 놈보다 훨씬 더 널 사랑해.

라이샌더 그렇게 우길 거면 저쪽에서 증명해봐.

드미트리어스 자, 가자.

허미아 라이샌더, 도대체 어쩔 작정이야?

라이샌더 저리 비켜!, 이 에티오피아 계집아![5]

드미트리어스 안되지, 안 돼!
뿌리치는 척 하고 [라이샌더에게] 따라올 것처럼 떠벌리기만
하는군.
실제로 오지를 못해. 넌 겁쟁이야, 꺼져!

---

5) 라이샌더는 허미아의 까무잡잡한 피부를 에티오피아인에 비유하며 조롱한다.

라이샌더 이 손 놔, 암괭이, 쉬파리 같은 년아! 넌더리나, 놔!
안 놓으면 독사처럼 떨쳐버릴 테야.

허미아 왜 이렇게 거칠어졌어? 왜 이렇게 변했어?
내 사랑?

라이샌더 사랑? 저리 비켜 이 시커먼 년아, 꺼져!
꺼지라고, 구역질나는 독약 같은 년아, 저리 가!

허미아 농담이지?

헬레나 그래, 농담이지, 네 말도 농담이고.

라이샌더 드미트리어스, 약속 지킬 거야.

드미트리어스 그럼 서약서라도 받아놓을 걸. 허미아가 저리도
약하게 매달려 있으니 네 말을 못 믿겠어.

라이샌더 뭐라고? 허미아를 치고 때리고 죽이기라도 해야 하나?
이 여자를 미워하곤 있지만, 그렇게 까진 할 수 없어.

허미아 뭐라고? 나를 밉다고 하는 것보다 더 큰 상처가 어디 있어?
날 미워하다니? 어째서? 도대체 왜 그러는 거야?
내가 허미아고, 넌 라이샌더고, 아니야?
조금 전처럼 여전히 예쁘잖아.
간밤까지도 나를 사랑하더니, 바로 그 밤새에 날 버렸어
왜 그래? 날 버리다니 오 맙소사!
진정으로 날 버리겠다는 거야?

라이샌더 응, 목숨 걸고!
다시는 널 보고 싶지 않았어.
그러니 희망도 질문도 의심도 던져버려
정말 확실한 사실이야. 너를 미워하고
헬레나를 사랑한다는 건 농담이 아니야.

허미아 뭐라고! [헬레나에게]이 사기꾼! 꽃 파먹는 벌레 같으니!
사랑이나 훔치고! 그래, 밤에 몰래 숨어들어 와
내 애인의 마음을 훔쳐간 거야?

헬레나 정말이지, 잘들 논다!
넌 겸손함도 처녀다운 수치심이나
수줍음도 없니? 그래, 기어코 내 얌전한 혓바닥에서

참다못해 터뜨리는 심한 말을 끌어내 듣고 싶은 거야?
아아, 괘씸해, 요 꼭두각시, 난쟁이야![6]

허미아 '난쟁이'라고! 아하, 그래? 오라, 그런 식이구나!
이제야 알겠어, 우리 둘의 키를 비교한 거야.
자기 키가 크다는 걸 내세워
저 모습으로 저 훤칠한 모습으로,
그야말로 저 큰 키로 그이의 마음을 사로잡은 거야.
내가 난쟁이 만치 키가 작다고 해서
네가 그이 눈에 그토록 커보였다는 거야?
이 분칠한 오월 장대[7] 같은 년아, 내가 작으면 얼마나 작아?
말해봐.
내가 작으면 얼마나 작으냐고? 아무리 작아도 내 손톱으로,
네 눈을 찌르지 못할 만큼 그렇게 작지는 않아.

헬레나 제발, 두 신사 분들, 날 조롱하더라도
저 애가 날 해치지 못하게 막아줘. 난 싸움은 질색이야.
말괄량이 소질은 전혀 없단 말이야.

---

6) 상대적으로 허미아는 헬레나보다 키가 작아 온갖 작은 것을 허미아 키에 비유하며 조롱한다.

7) 헬레나의 큰 키와 하얀 얼굴을 조롱하는 비유로 오월 장대는 오월제에 마을 잔디밭에 세워놓은 큰 기둥을 의미한다.

겁쟁이에 딱 어울리는 처녀라고.
저 애가 나보다 좀 작다고 내가 저 애를 상대할 수
있을 거라 생각하진 말아줘.

허미아 작다고! 듣자하니, 또!

헬레나 착한 허미아. 나한테 그렇게 못되게 굴지 마.
허미아, 언제나 널 사랑했고,
네 속마음 얘기를 지켜주었고, 네게 잘못한 일이 없어.
드미트리어스를 사랑하는 마음에서
너희가 이 숲으로 도망친 걸 알려준 거 빼고는 말이지.
그이는 너를 쫓아오고 난 사랑으로 그이를 뒤쫓아 온 거야.
그런데 그이는 꺼지라고 소리치며
날 때리고, 차고, 아니 죽이겠다고 위협했어.
그러니 이제 날 조용히 가게 해줘.
아테네로 내 어리석은 마음을 안고 아테네로 돌아가서
더 이상 너희들을 쫓아가지 않을게. 가게 해줘.
내가 얼마나 순진하고 어리석은 지 알만 하잖아?

허미아 갈 테면 가! 누가 널 막고 있어?

헬레나 이곳에 남겨두고 가는 내 어리석은 마음이지.

허미아 뭐라고! 라이샌더에 대한 마음?

헬레나 드미트리어스에 대한 마음이지.

라이샌더 겁내지 마, 헬레나. 허미아가 널 해치지 못할 테니.

드미트리어스 아무렴, 안 되지. 네놈이 허미아 편을 든대도 어림없지.

헬레나 저 애는 화가 나면 앙칼지고 못되게 굴어.
학교 다닐 때도 암여우였어.
몸집은 작지만 표독스럽기 그지없어.

허미아 또 작다는 말이야? 키가 작고 몸이 작다는 말뿐이야?
나를 이렇게 놀리는데 왜 가만히 있는 거야?
내가 가만 안 둘 거야!

라이샌더 요 난쟁이야, 꺼져버려
요 키 안 크는 미디풀[8]이라도 먹은 쪼그만 것아.

---

8) 잡초과로 마디풀의 즙은 성장을 억제시키는 효과가 있다고 알려져

염주구슬, 도토리야.

드미트리어스 네 도움 따위 성가시게 여기는

헬레나를 위한답시고 너무 주제넘게 구는구나.

헬레나는 가만 놔두시지. 이야기도 꺼내지 마.

편도 들지 말고. 네놈한테 조금이라도

헬레나에게 애정 표시를 할 기미가 보이면,

톡톡히 값을 치르게 해줄 테다.

라이샌더 이제야 허미아가 손을 놓으니

용기 있으면 따라와. 우리 둘 중 누가 더

헬레나에게 권리가 있는지 겨루어보자고.

드미트리어스 따라오라고? 건방진 소리 마, 네놈과 나란히 갈 테다.

라이샌더와 드미트리어스 퇴장

허미아 음탕한 계집애, 이 모든 소동이 다 너 때문이야.

아니, 도망가지 마.

있다.

헬레나　　　　　　　　　　　난 널 못 믿겠어.

더 이상 너처럼 사나운 것과는 같이 못 있겠어.
네 손이 내 손보다 싸움엔 빠르지만
도망치는 데는 내 다리가 더 길어.

[퇴장]

허미아　어이가 없어서 할 말이 없다

퇴장

오베론과 퍽이 앞으로 나온다.

오베론　이건 네 부주의 탓이야. 언제나 실수투성이야,
아니면 일부러 심술궂은 장난을 친 건지.

퍽　요정 왕이시여, 제가 실수한 겁니다. 믿어주세요.
제게 입고 있는 아테네의 옷을 보고
그 자를 알아볼 수 있다고 하셨지요?
그러니 아테네 사람 눈에
사랑의 꽃즙을 바른 일은 흠잡을 데가 없습니다.

지금은 그렇게 된 게 재미있네요.
저들이 싸우는 게 볼 만 하니까요.

오베론 두 남자들이 지금 싸울 곳을 찾는 걸 알고 있겠지
그러니 로빈, 서둘러 밤을 짙게 만들어라.
당장 저 별빛 하늘을 애커론 강[9]처럼
시커멓게 내려앉는 안개로 뒤덮어버리고
성난 사랑의 적수들이 길을 잃어
서로 마주치지 않도록 인도하여라.
때로는 라이샌더 목소리를 흉내 내서
드미트리어스에게 신랄한 욕설로 화를 돋우고,
때로는 드미트리어스의 목소리를 흉내 내서 욕을 퍼부어라.
죽음 같은 잠이 저들의 눈꺼풀 위로
납덩어리 같은 다리와 박쥐 날개를 갖고 몰래 기어들 때까지
둘을 떼어 놓아 이리저리 끌고 다녀라.
그리고서 라이샌더의 눈에 이 즙을 짜서 발라주어라.
이 즙은 신통한 효험이 있어서
눈에서 모든 잘못이 걷히고
눈알이 제대로 돌아가 안목을 다시 찾게 될 것이다.
이 자들이 잠에서 깨면, 이 모든 소동이

9) 지하 세계에 흐르는 4개의 강 중 하나로 지옥을 의미한다.

한낱 꿈이요 무익한 환상으로 보일 거야.
연인들은 아테네로 돌아가 서로 죽을 때까지
끊어지지 않는 연분을 맺을 거야.
그동안 이 일은 너한테 맡겨두고
난 여왕에게로 가서 그 인도의 아이를 달라고 해야겠다.
그리고서 마법에 걸린 여왕의 눈을
괴물의 모습에서 놓아주면 만사 평화롭게 되겠지.

퍽 요정 왕이시여, 일을 서두르셔야겠습니다.
밤의 수레를 끄는 용들이 신속히 구름을 가르고
저쪽 하늘에 새벽을 알리는 샛별이 빛나자
여기저기 떠돌던 혼령들이
교회 마당 자기 집으로 돌아갑니다. 사거리 옆이나 물속에 묻힌
악령들[10] 모두 구더기 들끓는 침소로 돌아갔습니다.
자신들의 치욕이 드러날까 두려워 창피스러운 몰골을 엿볼새라,
일부러 낮의 빛을 피하는 거지요.
그래서 영원히 검은 눈썹의 밤과 어울릴 수밖에 없지요.

---

10) 엘리자베스 시대 관습에 의하면 자살한 자나 익사한 사람은 교회 묘지에 묻히지 못했다. 이들의 망령이 저주를 받아 밤에 이승을 헤매고 다니다 교회에 묻힌 사람들의 망령보다 먼저 사라진다고 생각했다(*Cambridge*).

오베론 하지만 우린 전혀 다른 정령들이야.
난 아침의 여신과 종종 장난을 치기도 하고,
온통 붉게 타오르는 동쪽 문이
축복받은 아름다운 빛으로 바다를 향해 열리고
초록빛 바다 물결을 샛노란 황금빛으로 바꾸어놓을 때까지
산지기처럼 숲 속을 거닐 수도 있어.
하지만, 어쨌든 꾸물거리지 말고 서두르게.
날이 새기 전에 이 일을 해치우는 게 좋겠다.

—

[퇴장]

퍽 이리저리, 이리저리,
저들을 이리저리 끌고 다녀야지.
들에서나 마을에서나 나를 무서워하지.
도깨비, 저들을 이리저리 끌고 다녀라.
여기 한 녀석이 오는군.

—

라이샌더 등장

라이샌더 건방진 드미트리어스, 어디 있어? 어서 말해봐.

퍽 여기야 이 악당아, 칼 뽑고 기다리고 있다! 넌 어디 있어?

라이샌더 당장 쫓아갈 테다.

퍽 그럼 어서 따라와.

좀 더 넓은 곳으로 가자.

[목소리 따라 라이샌더 퇴장]

드미트리어스 등장

드미트리어스 라이샌더, 다시 말해봐.

도망자, 비겁한 녀석, 달아난 거야?

말해 봐! 덤불 속이냐? 어디다 대가리를 감추고 있는 거야?

퍽 겁쟁이, 별 보며 허풍을 떨고 있냐?

결투를 하겠다고 숲 속에 대고 떠들기만 하고

안 나올 거야? 이리와, 겁쟁이야, 덤벼라 애송이!

네놈 따위는 회초리로 때려줄 테니까. 네깐 놈에게

칼을 뺀 자는 더러운 자식이니까.

드미트리어스 그래, 거기 있냐?

퍽 내 목소릴 따라와. 여기선 사내답게 겨룰 수 없으니.

— 둘 다 퇴장

— [라이샌더 등장]

라이샌더 이 자식이 앞서 가며 계속 싸움을 거는데
부르는 곳으로 가보면 사라지고 없단 말이야.
이놈 걸음이 나보다 훨씬 빠른 모양이야.
아무리 빨리 좇아가도 놈은 더 빨리 달아나니
그러다가 이렇게 캄캄하고 험한 길에 들어서버렸네.
여기서 좀 쉬어갈까. 눕는다.
상냥한 아침아, 오너라.
그대가 흐릿한 새벽빛을 보여준다면
드미트리어스를 찾아내 분풀이를 할 테니.

— [잠이 든다.]

펙과 드미트리어스 등장

퍽 하, 하, 하! 이 겁쟁이, 왜 안 따라와?

무대 위에서 둘 다 재빨리 움직인다.

드미트리어스 용기 있으면 기다려라. 네 놈이
내 앞에서 서지도 못하고 얼굴을 마주 볼 용기도 없이
요리조리 자리를 옮기며 내 앞에서 도망 다니는 거 다 알아.
지금 어디 있어?

퍽 이리 와, 여기 있어.

드미트리어스 아냐, 그렇담 날 놀리는 거군. 햇빛에
네 얼굴 보면 톡톡히 값을 치르게 할 거야.
지금은 맘대로 하라지. 너무 기운 빠져서
이 차가운 바닥에 몸을 뉘어야겠어.
날이 새면 찾아 나설 테니 조심해. [잠이 든다.]

헬레나 등장

헬레나 오 고달픈 밤, 길고도 지루한 밤아.

시간을 줄여다오! 동쪽에서 마음을 달래주는 빛을 비춰
나와 함께 있는 걸 싫어하는 자들을 떠나
날이 새면 아테네로 돌아갈 수 있도록 해주고,
때로는 슬픔에 잠긴 눈을 덮어주는 잠이
찾아와 잠시 동안 나를 잊게 해다오.

—

[눕더니] 잠이 든다.

퍽 아직도 셋이야? 한 사람 더 와야지.
남녀가 두 쌍이면 넷이거든.
울분과 상심에 젖은 표정으로 여기 오네.
이렇게 불쌍한 여인을 미치게 하다니.
큐피드는 심술궂은 녀석이야!

—

허미아 등장

허미아 이렇게 지치고 슬픔에 젖은 적이 없었어.
이슬에 흠뻑 젖고, 가시덤불에 찢겨
이젠 더 이상 걸어갈 수도 기어갈 수도 없어.
다리가 마음을 따라가질 못하니.
여기서 날이 샐 때까지 좀 쉬어야겠다.

— [눕는다.]

둘이 진짜로 싸우면, 하늘이 라이샌더를 지켜주기를!

— [잠이 든다.]

퍽 땅바닥에서
깊이 잠들어라.
다정한 연인아,
네 눈에
이 약을 발라줄게.

— [라이샌더의 눈에 사랑의 꽃즙을 발라준다.]

잠에서 깨면
원래 사랑하던
여인의 눈을 보고
참다운 기쁨을
누릴 거야.
짚신도 제 짝이 있다는
시골 속담의 뜻을

눈을 뜨면 알게 되리라
각자 다 제 짝을 찾아
만사형통 하리라.
남자는 제 암말을 다시 만나 모두 다 잘 되리라.

[퇴장]

4막 1장

라이샌더, 드미트리어스, 헬레나, 그리고 허미아 여전히 잠들어 있다.

요정들의 여왕 티타니아, 보틈 및 완두꽃, 거미줄, 겨자씨, 그리고 다른 요정들 등장, 이들 뒤에 [보이지 않게] 오베론 왕 등장

티타니아 이 꽃침대에 앉으세요,
내 기쁨인 당신, 사랑스러운 뺨을 어루만지고
매끈하고 부드러운 머리에 사향장미를 꽂고
아름다운 큰 귀에 키스할 거예요.

보틈 완두꽃 어디 있소?

완두꽃 여기 있습니다.

보틈 완두꽃님 내 머리 좀 긁어줘요. 거미줄 양반은 어디 있나요?

거미줄 여기 있습니다.

보틈 거미줄 양반, 맘씨 좋은 분, 손에 무기를 들고나가 엉겅퀴 위에 앉아 있는 엉덩이가 새빨간 땅벌 한 마리를 죽여줘요 그리고 꿀 주머니도 좀 가져다주오. 꿀 주머니를 가져올 때 너무 서두르지 말아요. 꿀 주머니가 터지지 않도록 조심해야 해요. 꿀 주머니를 뒤집어쓴 걸 볼까 걱정이 돼서요. 겨자씨 양반은 어디 있나요?

겨자씨 여기 있습니다.

보틈 겨자씨 양반, 손을 이리 줘요. 제발, 그놈의 예의는 좀 걷어치우고요.

겨자씨 무엇을 원하십니까?

보틈 아무 것도 없어요, 맘씨 좋은 분. 멋쟁이 거미줄을 도와 내 머리를 긁어주기만 하면 돼요. 난 이발소에 가야겠어요. 암만 해도 내 얼굴에 털이 무성하게 난 거 같아요. 난 아주 예민해서

털이 조금만 간질여도 긁을 수밖에 없어요.

티타니아 자, 사랑스러운 당신, 음악이나 좀 들려드릴까요?

보틈 음악이라면 또 제법 들을 줄 아는 귀가 있지요. 화젓가락과 뼈다귀로 장단 맞추는 시골 홍타령이나 한번 들어봅시다.

티타니아 아니면 뭘 좀 드시겠어요?

보틈 솔직히 여물이나 한 통 먹었으면 좋겠소. 잘 말린 귀리나 와삭와삭 씹어봤으면 싶기도 하고, 건초 한 다발은 꼭 먹고 싶기도 하고. 질 좋은 건초, 달콤한 건초보다 더 좋은 음식은 없으니까.

티타니아 용감한 요정을 보내 다람쥐 양식 창고를
찾아서 신선한 도토리를 가져오게 할게요.

보틈 그보다는 차라리 마른 완두콩 한 두 줌 먹고 싶은데. 그런데 지금 잠이 오고 있으니 제발 시종들이 날 깨우지 않도록 해주시오.

티타니아 주무세요, 제 팔로 안아드리지요.
요정들아, 물러가라. 모두들 멀리.

[요정들 퇴장]

나팔꽃이 향기로운 인동덩굴을
부드럽게 감싸듯, 이처럼 여자 같은 담쟁이가
껍질 덮인 느티나무 가지를 둘러싸듯이요.
오, 당신을 얼마나 사랑하는지! 그대에게 얼마나 빠져있는지!

[둘은 잠이 든다.]

퍽 등장

오베론 [앞으로 나오며] 잘 왔다, 로빈. 이 기막힌 광경이 보이느냐?
여왕이 푹 빠진 걸 보니 이제 측은하기까지 하다.
조금 전 숲 속에서 여왕을 만났는데
이 흉측한 멍청이에게 줄 사랑의 증표를 찾고 있어서
화가 난 나머지 야단치다가 한바탕 싸웠어.
그때 이미 털복숭이 녀석 머리에
싱싱하고 향기로운 꽃으로 만든 화관을 씌워 놓았지.

이따금 꽃봉오리 위에 동그란 동양의 진주처럼
부풀어 매달려 있던 이슬방울이
자신의 불명예를 한탄하는 눈물처럼
화관의 작고 예쁜 꽃들의 눈 속에 맺혀 있었어.
내가 여왕을 맘껏 놀려댔더니
온순한 말로 참아 달라고 애걸하더군.
그래서 그 업둥이를 달라고 했더니,
그 자리에서 수락하고 요정을 시켜
그 애를 요정 나라의 내 방으로 데려다주라고 했어.
이제 그 애를 얻었으니 여왕의 눈에서
혐오스러운 마법을 풀어줘야겠다.
그리고 착한 퍽아, 이 아테네 촌뜨기 머리에서
당나귀 대가리를 벗겨주어라.
다른 이들이 잠에서 깰 때 저 자도 일어나
함께 아테네로 돌아가서
오늘 밤 일어난 일이 꿈속에서 겪은
터무니없는 소동으로 생각하게 해주어라.
그런데 난 먼저 요정 여왕을 풀어주겠다.

[티티니이의 눈에 즙을 뿌린다.]

원래대로 되어라,
원래 눈으로 보아라.
디이나 꽃봉오리는 큐피드 꽃즙을
이겨내는 힘과 영험이 있으니.
자, 나의 티타니아, 눈을 뜨라, 내 사랑스러운 여왕!

티타니아 [눈을 뜨며] 나의 오베론! 별 희한한 꿈을 다 꾸었어요!
내가 당나귀와 사랑에 빠져 있었나 봐요.

오베론 저기 당신 애인이 누워 있소.

티타니아 어떻게 이런 일이 일어날 수 있지?
어머, 저 꼴을 보기만 해도 역겨운데!

오베론 잠시만 조용히. 로빈, 그 머리를 벗겨주어라.
티타니아, 음악을 청해서 잠들어 있는
다섯 인간의 감각을 여느 때보다 더 깊이 잠들게 합시다.

티타니아 음악이다, 어서, 잠에 홀리게 하는 음악을!

조용한 음악

퍽 [보틈의 나귀머리를 벗기며] 자, 잠에서 깨거든 네놈의
어리석은 눈으로 보게 될 거다.

오베론 음악을 울려라!
자, 나의 여왕, 같이 손잡고,
이들이 잠들어 있는 땅을 흔들어줍시다.

[오베론과 티타니아가 춤춘다.]

이제 그대와 나는 다시 화목해시니
내일 밤 자정에 테세우스 공작 궁전에서
엄숙하게 춤을 추어
자손이 번창하도록 축복해줍시다.
거기서 두 쌍의 진실한 연인들도
테세우스와 함께 모두 행복하게 결혼하게 될 거요.

퍽 요정 왕이시여, 들어보십시오.
아침 종달새가 지저귀고 있습니다.

오베론 그럼, 여왕, 우리도 조용히
밤의 그림자를 뒤쫓아 떠납시다.

우리는 하늘을 떠도는 달보다 빨리
지구 한 바퀴를 돌 수 있으니까.

티타니아 가십시다, 여보, 날아가면서
간밤에 내가 어쩌다가
여기 땅에서 이 인간들과 함께
잠을 자게 되었는지 알려줘요.

오베론, 티타니아 그리고 퍽 퇴장. 네 명의 연인들과 보틈은 여전히 자고 있다.

[안에서]나팔소리. 테세우스가 히폴리타, 이지어스 및 수행원들을 거느리고(사냥 차림으로) 등장

테세우스 누구든 가서 산지기를 불러와라.
이제 오월제도 끝나고
날이 아직 이르니
내 사랑하는 여인에게 사냥개 음악[1]을 들려줘야겠다.
서쪽 골짜기에다 개들을 풀어 뛰놀게 해라.

---

1) 엘리자베스 시대에 사냥개가 무리를 지어 짖어대는 소리를 아름답다고 여긴 궁정인들의 취향을 반영하고 있다. 사냥개 소리는 낮과 궁정 생활의 음악으로 요정들의 밤 음악과 대조를 이룬다(*Cambridge*).

어서 사람을 보내 산지기를 찾아오도록 해.

[시종 한 명 퇴장]

아름다운 여왕, 우리 산으로 올라가
사냥개 짖어대는 소리와 메아리가 어우러져
술렁거리는 음악을 들어봅시다.

히폴리타 언젠가 헤라클레스와 캐드머스와 크레타 숲에서
스파르타 사냥개들을 풀어 곰을 몰고 있을 때
함께 있던 적이 있는데요. 그렇게 우렁차게 짖어대는 소리를
들어본 적이 없었어요. 숲뿐만 아니라
하늘도 샘도 인근 각처에서
서로 주고받으며 울부짖는데, 감미로운 천둥소리 같은
불협화음을 들어본 적이 없었어요.

테세우스 내 사냥개들도 스파르타 종으로
턱이 축 처지고 황갈색에 머리에는
아침 이슬을 쓸고 다니는 두 귀가 달려있고,
마치 테살리아의 황소처럼 무릎은 굵고, 목주름이 늘어져
뒤쫓는 데는 느리지만 짖는 소리는 연달아 나는 종소리처럼

조화를 이루지. 이렇게 듣기 좋은 합창은
크레타 섬, 스파르타, 테살리아에서도
들어본 적 없고 사냥나팔 소리로 불러본 적도 없다오.
들어보면 알 것이오. 헌데, 잠깐, 이 요정들은 뭐지?

이지어스 공작님, 여기서 자고 있는 이애는 제 딸입니다.
이자는 라이샌더이고, 이쪽은 드미트리어스며,
여기는 헬레나, 네다 어르신의 딸 헬레나입니다.
여기 다 모여 있는 게 이상한 일입니다.

테세우스 분명히 오월제를 지키려고 일찍 일어났다가
우리 계획을 전해 듣고 결혼식을 축하하려고
이곳에 왔을 거요.
그런데 이지어스, 오늘이 바로 허미아가
누구를 선택했는지 대답할 날이 아니오?

이지어스 그렇습니다, 공작님.

테세우스 사냥꾼들에게 명하여 나팔을 불어 이 자들을 깨워라.

안에서 '나팔 불라' 외치는 소리.

연인들 모두 깜짝 놀라 눈을 뜬다.

다들 잘 잤는가, 새들이 짝 짓는 성 발렌타인 날[2]도 지났는데
이 숲 속 새들은 이제야 짝을 짓기 시작하는가?

[연인들 (테세우스 앞에) 무릎을 꿇는다.]

라이샌더 용서하십시오, 공작님.

테세우스 모두 일어서라.
둘은 연적으로 알고 있는데
도대체 어쩌다 이리도 다정한 화합이 이루어져
원수 곁에서 잠을 자면서도 두려워하질 않으니
미움이 불신에서 멀어진 것이냐?

라이샌더 공작님, 아직도 절반은 자고 절반은 깨어있어
전 뭐라 대답할지 모르겠습니다만 맹세컨대,
제가 어떻게 이곳으로 왔는지 모르겠습니다.
생각해 보니 진실을 말씀드리자면

---

2) 2월 14일로 새들이 짝짓기를 시작하고 젊은이들이 서로 짝을 선택해 사랑을 시작하게 되는 날이다(*Cambridge*).

이제야 생각이 납니다만, 말씀드리자면 이렇습니다.
전 허미아와 함께 이곳으로 왔습니다. 저희 계획은
아테네에서 도망치는 것이었습니다.
아테네 법의 위험이 미치지 못하는 곳으로요.

이지어스 충분합니다, 충분합니다, 공작님. 이만하면 충분합니다.
이제 법의 심판을, 저 놈의 목에 법의 심판을 내려주십시오!
저들은 도망을 칠 뻔했습니다. 여보게, 드미트리어스,
그렇게 자네와 나는 헛물켤 뻔했어.
자네에겐 아내를, 나에겐 내 동의를,
자네에게 내 딸을 아내로 주겠다는 내 동의 말일세.

드미트리어스 공작님, 아름다운 헬레나가 저 둘이 이 숲으로
도망친다는 계획을 알려주었습니다.
화가 나서 저도 둘을 쫓아왔고,
상사병에 걸린 아름다운 헬레나는 저를 쫓아왔습니다.
하지만 공작님 무슨 힘인지 모르겠지만,
틀림없이 무슨 힘이긴 한데요—허미아에 대한 제 사랑은
눈 녹듯 녹아버리고, 이제는
마치 어릴 때 푹 빠져 있던
하찮은 장난감에 대한 기억처럼 되어버렸습니다.

그래서 제 마음의 모든 믿음과 가치와
제 눈이 찾는 대상과 즐거움은
오직 헬레나뿐입니다. 공작님, 허미아를 만나기 전에
전 이미 헬레나와 결혼을 약속했습니다.
하지만 병든 사람처럼 헬레나라는 음식을 싫어했습니다.
그런데 건강해지자 원래 입맛이 되돌아와
이제 이걸 원하고, 사랑하고, 갈망하며
영원히 이 음식에 충실하려 합니다.

테세우스 아름다운 연인들이여, 운 좋게 만났구나.
그대들의 얘기는 차차 더 듣기로 하고
이지어스, 그대의 뜻을 꺾어야겠소.
이 두 쌍도 우리와 함께 신전에 가서
영원한 혼약을 맺을 터이니.
그리고 이젠 아침도 한참 지났으니
계획했던 사냥은 중지하겠소.
우리와 함께 아테네로 돌아가자. 세 쌍이 짝을 지어
엄숙한 식을 올리고 성대한 축하연을 열겠다.
자, 갑시다, 히폴리타.

테세우스, 히폴리타, 이지어스 그리고 수행원들 퇴장

드미트리어스 마치 먼 산이 희미해져 구름이 되듯이

우리가 겪은 일들이 작고 흐릿해 보이는 것 같아.

허미아 초점이 맞지 않는 두 눈으로 보는 것처럼.

모든 게 둘로 보이는 것 같아.

헬레나 나도 그래.

드미트리어스가 마치 보석처럼

내 것인 듯 내 것이 아닌 것 같아.

드미트리어스 확실히

우리가 깨어있는 거야?

아직도 잠에 빠져 꿈을 꾸고 있는 것만 같아.

공작님께서 여기 계셨고 우리에게 따라오라고 하시지 않았어?

허미아 맞아, 그리고 내 아버지도 계셨고.

헬레나 히폴리타 님도

라이샌더 공작님께서 우리에게 사원으로 따라오라고 하셨어.

드미트리어스 그럼 우리 분명 깨어있는 거야. 공작님을 따라가자. 가면서 우리 꿈 얘기를 다시 해보자.

—— 연인들 퇴장

보틈 [눈을 뜨며] 내 차례가 되거든, 불러줘, 그럼 시작할게. 내 다음 대사는 '세상에서 가장 아름다운 피라머스여'야. 여보게들! 피터 퀸스? 풀무장이 플루트? 땜장이 스나우트? 스타블링? 어렵소! 잠든 날 내버려두고 모두 도망갔군! 별 희한한 꿈을 다 꾸었어. 분명히 꿈은 꿨는데 그게 어떤 꿈인지 머리가 똑똑한 사람도 설명할 수가 없네. 멍청이 당나귀 같은 놈이나 이 꿈을 설명하겠다고 설쳐대겠지. 꿈에 내가 뭐였던 거 같은데, 그게 뭔지 어떤 놈이 알게 뭐람. 뭐였냐 하면—그랬던 거 같은데—하지만 내가 뭐였는지 알려주겠다고 설쳐대는 놈이야말로 알록달록 무늬 옷을 입은 어릿광대 같은 놈이겠지. 내가 무슨 꿈을 꿨는지는 사람의 눈으로 듣지 못하고 귀로는 보지도 못하고, 손으로 맛볼 수 없으며 혀로는 이해하지 못하고 마음으로 말해주지 못해.[3] 피터 퀸스에게 이 꿈을 노래한 발라드 하나 지어달라고 해야지. 제목을 '보틈의 꿈'으로 해야

---

3) 보틈이 감각기관과 그 기능을 멋대로 바꿔 인용하여 희극 효과를 일으킨다.

지. 진짜 밑도 끝도 없는 얘기니까, 그리고 공작님 앞에서 공연할 연극 끝에 이 노래를 불러야지. 아마도 이 노래를 좀 더 근사하게 만들려면 시스비가 죽는 대목에서 불러야겠지.

퇴장

4막 2장

퀸스, 플루트, 스나우트, 스타블링 등장

퀸스 보틈네 집에 사람을 보내봤어? 아직도 돌아오지 않았어?

스타블링 소식을 알 수가 없어요. 귀신에 홀려 잡혀간 게 확실해.

플루트 보틈이 안 오면 연극은 망치는 건데. 더 이상 못하는 거죠? 맞죠?

퀸스 못하지. 온 아테네를 다 뒤져도 보틈 말고 피라머스 역을 해낼 수 있는 사람은 하나 도 없다고.

플루트 없다마다요. 진정 아테네의 장인들 중에서 머리가 제일 똑똑

하잖아요.

퀸스 맞아. 게다가 인물도 제일 좋잖아. 목소리가 달콤한 점도 정부 역에 정말 그만인데.

플루트 '본보기'라고 하셔야죠. 정부라뇨, 맙소사, 이 말은 진짜 부끄러운 말이에요.

— 가구장이 스너그 등장

스너그 여러분, 공작님께서 사원에서 돌아오고 계세요. 그리고 결혼식을 올린 귀족들이 두 세명 더 있다고 하네요. 우리 연극을 무대에 올리기만 한다면 모두들 한 몫 챙겨 팔자 고치는 건데.

플루트 아, 잘난 보틈! 하필 이럴 때 없어서 인생에서 하루에 육 펜스씩 놓치는구나. 아무리 못 받아도 하루에 육 펜스씩은 받았을 텐데. 피라머스 역을 한다고 공작님께서 하루에 육 펜스씩 주시지 않는다면 내 목을 매달아요. 보틈이 그 정도는 받을만하다고요. 피라머스 역을 해서 하루에 육 펜스씩 못 받는다면 차라리 한 푼도 안 받는 게 낫죠.

보틈 등장

보틈 다들 어디 있어? 친구들, 어디 있는 거야?

퀸스 보틈! 오 눈부신 날이야! 가장 행복한 순간이야!

보틈 친구들, 내가 겪은 깜짝 놀랄만한 이야기 하나 해줄게. 그런데 무슨 얘기냐고 묻지는마. 지금 그 얘길 하면 난 진정한 아테네인이 아니야. 일어난 그대로 뭐든 다 말할게.

퀸스 보틈, 어서 들려줘.

보틈 한마디도 안 해줄 거야. 내가 해줄 말은 공작님께서 저녁 진지를 다 드셨다는 것뿐이야. 어서 가서 의상을 챙겨 입고, 수염 끈 잘 달아매고, 무대 신발에 새 리본을 달고서 곧장 궁전에서 만나세. 모두들 각자 맡은 배역 훑어보고 말이야. 어찌됐든 우리 연극이 뽑혔다 이거야. 아무튼 시스비에게 깨끗한 모시 천을 입히고, 사자 역을 맡은자는 손톱 자르지 말라고 해. 사자 발톱으로 내밀어야 하니까. 그리고 친애하는 배우 여러분들, 양파나 마늘 먹지 마, 대사를 외울 때 향긋한 입김을 내뿜어야 하니까. 그러면 우리 극이 산뜻한 희극이란 소리 듣는 건 확실할 테니. 말 그만하고. 빨리 가자.

퇴장

5막 1장

테세우스와 히폴리타가 필로스트레이트와 귀족들 및 시종들을 거느리고 등장

히폴리타 테세우스, 이 연인들이 하는 이야기가 이상해요.

테세우스 하도 이상해서 믿기지 않아.
케케묵은 우화나 요정 얘기들을 믿을 수가 없소.
사랑에 빠진 자들이나 미치광이는 머릿속이 들끓어
온갖 모양을 만들어내는 상상력으로 냉철한 이성으론
이해할 수 없는 것을 생각해내오.
미치광이나, 사랑에 빠진 자나, 시인은 하나같이
상상으로 가득 차 있는 자들이오.
광대한 지옥도 다 담을 수 없을 만큼 수많은 악마를 본 자가

미치광이고, 연인도 마찬가지로 미쳐 있어서
집시의 얼굴에서 헬렌의 아름다움을 보며,
시인의 눈도, 광적인 흥분 속에 구르며
하늘에서 땅으로, 땅에서 하늘로 훑어본다오.
상상력이 미지의 것들에 형체를
부여하면, 시인의 펜이
그들의 모습을 그려내고 실체가 없는 것에
주소와 이름을 붙여준다고 하오.
강렬한 상상력은 기교를 부려서
어떤 즐거움을 생각만 해도
그 즐거움을 제공하는 자를 떠올린다군.
한밤중에 무서운 것을 상상하면,
덤불이 얼마나 쉽사리 곰으로 보이는지!

히폴리타 하지만 간밤의 자초지종을 다 듣고
그들의 마음이 한꺼번에 바뀐 것을 보면,
이건 사랑의 환상 이상의 뭔가가 있어서
엄청나게 일치하는 순간에 이르렀다는 건데.
아무래 그래도 놀랍고 이상한 일이에요.

연인들, 라이샌더와 허미아, 드미트리어스와 헬레나 등장

테세우스 즐거움과 환희에 가득 찬 연인들이 오는군.
자네들! 기쁨과 사랑의 새 날들이
그대들 마음속에 깃들기를!

라이샌더 그보다 더한 기쁨이
공작님의 산책길에, 식탁에, 침소에 깃들기를 기원합니다!

테세우스 자, 이제 우리 만찬과 침실에 들기까지
기나긴 세 시간을 채워 줄
가면극과 춤이 준비되어 있느냐?
우리 여흥을 담당한 자는 어디 있느냐?
어떤 놀이들이 준비되어 있는가? 지루한 시간의
괴로움을 달래줄 연극이 있느냐?
필로스트레이트를 불러라.

필로스트레이트 [앞으로 나오며] 대령하였습니다. 공작님.

테세우스 오늘 저녁에 준비된 여흥거리라도 있느냐?
무슨 연극인가, 무슨 음악인가? 뭔가 재미있는
일이라도 없으면 더디 가는 시간을 어떻게 보내겠느냐?

필로스트레이트 여기 준비된 여흥거리 목록이 있습니다.
공작님께서 무엇을 먼저 보시겠는지 고르십시오.

테세우스 [읽는다.] '아테네 내시가 하프 소리에 맞춰 부르는
'켄타우로스와의 전쟁 이야기'[1]
이건 안 봐. 내 친척 헤라클라스를 찬양하며
이미 히폴리타에게 얘기한 적이 있으니까.
[읽는다.] '술 취한 바쿠스 여사제들이 분노해서
트라키아의 가수를 찢어 죽이는 폭동'[2]
이건 낡아빠진 얘기야. 전에 내가 테베를 정복하고
돌아왔을 때 공연한 거야.
[읽는다.] '아홉 명의 뮤즈들이[3] 최근 가난 속에서
굶어 죽은 학자를 애도하는 노래'[4]'
이건 날카롭고 비판적인 풍자로군,
결혼 축하연에는 맞지 않아.

---

1) 테세우스 친구인 피리토우스의 결혼 축하연 때 벌어진 피비린내 나는 싸움을 말한다.
2) 트라키아의 악사인 오르페우스는 죽은 아내 에우리디스를 구하러 지하 세계에 내려갔다가 실패한 후 아내를 잃은 슬픔을 노래하며 방랑하던 중 극도의 광란상태에 빠진 술의 신 바쿠스의 여사제들을 만나 갈갈이 찢겨 죽는다.
3) 시, 음악 등을 주관하는 예술의 여신
4) 당시 시인들과 학자들은 극심한 가난에 시달리며 학문과 예술을 경시하는 세태에 불만을 가졌다. 가난에 시달리다 죽은 극작가 로버트 그린(Robert Greene)을 암시하기도 한다(*Cambridge*).

[읽는다.] '젊은 피라머스와 연인 시스비의
지루하고 짤막한 장면, 아주 비극적인 희극'
즐겁고도 비극적이라? 지루하고도 짤막하다?
이건 뜨거운 얼음이요 불가사의한 검은 눈(雪)이 아닌가!
이런 부조화의 조화가 어떻게 가능한 거지?

필로스트레이트 공작님, 대사라고는 열 마디도 안 되는 연극이옵니다.
연극치고는 정말 짧습니다.
하지만 공작님, 그 열 마디가 실은 너무나 깁니다.
그래서 지루합니다. 극 전체를 봐도 적절한 대사
한마디 없고 역에 맞는 배우 하나 없습니다.
그리고 공작님, 연극에서 피라머스가
피라머스가 자살해서 비극적입니다.
솔직히 말씀드려 연습하는 장면을 보고
눈물을 흘렸습니다만, 큰 웃음을 터뜨리며
그렇게 즐거운 눈물을 흘려본 적이 없습니다.

테세우스 어떤 자들이 그 연극에 출연하느냐?

필로스트레이트 아테네에서 일하는 손이 거친 장인들로
지금까지 머리 써서 일해 본 적이 없는 자들입니다.

공작님의 결혼식을 대비해서 연극을 준비하느라
이제껏 써 본 적 없는 기억력을 혹사시키는 중입니다.

테세우스 그럼 그 연극으로 하지.

필로스트레이트 공작님, 안됩니다.
들으실 만한 게 못됩니다. 제가 들어보았지만
아무것도 아닙니다, 정말로 아무것도 아닙니다.
고통스럽게 억지로 짜내서 외우며
공작님께 충성을 바치려는 그자들의
의도를 좋게 보신다면 모르겠지만요.

테세우스 그 연극으로 하겠다.
순수하고 충성스러운 마음에서 바치는 것은
잘못된 게 있을 리가 없지,
가서 그들을 불러들이도록 하여라. 부인들은 자리를 잡으시오.

[필로스트레이트 퇴장]

히폴리타 미천한 자들이 힘에 겨운 노고를 무릎 쓰며
충성을 다하려다 망신당하는 꼴을 보고 싶지 않아요.

테세우스 아니오, 여보. 그런 일은 없을 거요.

히폴리타 헌데 그자들이 이런 일은 할 줄 모른다잖아요.

테세우스 그런데도 고마워해주면 더욱 친절한 게 아니겠소.
그자들의 실수를 너그럽게 봐주는 것도 우리의 즐거움이요.
미천한 자들이 충성을 다해도 못하는 일을
높은 자들이 일 자체보다 정성을 받아들여야 하오.
이따금 내가 방문한 자리에서 위대한 학자들이
준비된 환영사로 나를 맞이하고자 한 적이 있소.
그 자리에서 벌벌 떨고 창백해지며
환영사 도중에 갑자기 말을 멈추더니
겁에 질려 연습해둔 말도 목에 걸려,
마침내 벙어리처럼 입을 다물고
환영사를 중단한 걸 본 적이 있소. 믿어 주오.
난 그런 침묵 속에서 환영사를 들을 수 있었소.
두려워도 충성을 다하려는 공손한 태도에서
뻔뻔하고 무례한 웅변가들의
장광설에서보다 더 많은 것을 나는 읽어냈소.
그러니 사랑과 말 못하는 순수함은
말이 적을수록 더 많은 걸 말해준다고 할 수 있소.

— [필로스트레이트 등장]

필로스트레이트 괜찮으시다면, 서사가 준비되었습니다.

테세우스 나오라고 하게.

— 나팔 소리

— 퀸스 서사 역으로 등장

퀸스 저희가 언짢게 해드린다면, 그것은 선의에서 하는 일입니다.
그렇게 생각하신다면, 저희가 언짢게 해드리러 온 게 아닙니다.
선의가 아니면요. 저희들의 서툰 솜씨나마 보여드리는 것,
그게 저희들 목적의 진정한 시작입니다.
그러니 고려해주십시오, 저희들은 악의를 품고 왔습니다.
여러분을 기쁘게 해드리려고 온 것이 아닙니다,
저희의 진정한 목적입니다. 여러분의 기쁨을 위해서
저희가 여기에 온 것은 아닙니다. 여러분을 후회하실 겁니다,
배우들이 준비되어 있습니다. 공연을 보시면,
여러분이 알고 계실 모든 것을 알게 될 겁니다.[5]

5) 퀸스가 읽는 서사는 구두점을 잘못 찍어 띄어 읽기가 틀려 문장의 의

테세우스 이 친구는 구두점을 무시하고 말이 앞뒤가 하나도 안 맞아.

라이샌더 뿔난 망아지 타고 달리듯 서사를 마구 내뱉고 있습니다. 멈출 줄도 모르고요. 말을 하는 것만이 능사가 아니라 뜻이 통해야 한다는 좋은 교훈입니다.

히폴리타 정말이지, 저자는 어린애가 피리 부는 것처럼 서사를 해치워 버리는군요, 소리만 내지 음을 제대로 못 내고 있으니까요.

테세우스 대사가 뒤엉킨 쇠사슬 같았어. 끊어진 데는 없는데 온통 뒤죽박죽이야. 다음은 누구인가?

—

나팔수를 선두로 피라머스 [보틈], 시스비 [플루트], 돌담 [스나우트], 달빛 [스타블링], 그리고 사자 [스너그]

서사 신사숙녀 여러분, 아마도 이 연극이 궁금하실 겁니다.
허나, 진실이 모든 것을 밝혀줄 때까지 계속 궁금해 하십시오.
궁금하시면, 이 남자가 피라머스입니다,
이 아름다운 아가씨가 시스비임이 분명하고요.
석회와 회반죽 칠을 한 이 사람은 돌담입니다.

미를 왜곡시키며 웃음을 유발한다.

이 연인들을 갈라놓는 그 고약한 담이지요.
불쌍한 연인들은 돌담 틈을 통해 속삭이는 걸로
만족하였지요. 놀라지 마시길.
초롱불과 가시덤불을 들고 개와 함께 있는 이 사람은
달빛을 나타냅니다. 왜냐하면
이들 연인은 달빛 아래 나이너스의 무덤가에서 만나 사랑을
속삭이면 아무도 뭐라 하지 않을 거라 생각했지요.
이 무시무시한 짐승은 사자라 불리는 놈인데,
밤중에 먼저 온 충실한 시스비를
깜짝 놀라게, 아니 기겁하게 만들었습니다.
시스비가 도망치다가 외투를 떨어뜨렸는데
고약한 사자가 그걸 피 묻은 입으로 물어 더럽혔습니다.
곧 훌륭하고 멋진 청년인 피라머스가 와서
피투성이가 된 시스비의 외투를 발견하고는
칼을 뽑아, 피비린내 나는 원한의 칼을 뽑아
피 끓는 자기 가슴을 용감하게 찔렀습니다.
뽕나무 그늘 안에 숨어 있던 시스비가
그의 단검을 뽑아 자결했습니다. 나머지 얘기는
사자, 달빛, 돌담. 그리고 두 연인이
무대에 나와 있는 동안 상세히 설명할 것입니다.

서사, 피라머스, 시스비, 사자 그리고 달빛 퇴장

테세우스 사자도 말을 할지 궁금하군.

드미트리어스 공작님, 이상할 것 없습니다, 수많은 당나귀가 말을 하는 세상에 말하는 사자한 마리쯤은 있겠지요.

돌담 이 연극에서 스나우트라 불리는
제가 돌담 역할을 맡게 되었습니다.
그런데 돌담에 갈라진 틈이나 터진 구멍이
있다고 생각해주셔야 합니다.
돌담을 통해서 연인들인 피라머스와 시스비는
종종 몰래몰래 사랑을 속삭였지요.
이 회반죽, 이 진흙, 이 돌은 모두
제가 바로 돌담이라는 사실을 말해줍니다. 정말입니다.
그리고 이게 바로 좌우로 나 있는 틈인데
연인들이 가슴 졸이며 사랑을 속삭이는 곳입니다.

테세우스 회반죽과 머리털이 이보다 더 말을 잘하길 바랄 수 있을까?

드미트리어스 공작님, 제가 말을 들어본 중에 가장 영리한 돌담입니다.

피라머스 등장

테세우스 피라머스가 돌담으로 다가간다. 쉿!

보틈 오 소름끼치도록 무서운 밤이여! 칠흑같이 어두운 밤이여!
오 낮이 아니면 항상 나타나는 밤이여!
오 밤이여, 오 밤이여, 오 슬프도다.
나의 시스비가 약속을 잊어버리진 않았을까!
오 돌담아, 오 상냥한 돌담아, 오 사랑스러운 돌담이여,
시스비 아버지의 땅과 내 땅 사이에 선
돌담아, 오 돌담, 오 다정하고 사랑스러운 돌담이여!
내 눈으로 들여다볼 수 있는 네 틈을 보여줘.

[돌담이 손가락을 벌린다.]

친절한 돌담아, 고맙다. 신의 가호가 있기를!
헌데 뭘 본담? 시스비가 안 보여.
오 고약한 돌담, 네 틈을 통해 내 행복을 볼 수 없으니
나를 속인 죄로 저주를 받아라!

테세우스 저 벽은 살아있으니 저주로 답하겠구나.

보틈 공작님, 아닙니다. 사실 저 녀석은 그렇게 못합니다. '나를 속인'은 시스비 등장을 알리는 신호입니다. 이제 시스비가 등장하고 저는 돌담 틈으로 그녀를 발견합니다. 제가 말씀드린 대로 벌어지는 일을 보시게 될 겁니다. 저기 시스비가 옵니다.

시스비 등장

시스비 오 돌담아, 내 사랑 피라머스와 나 사이를 갈라놓아서
얼마나 내 한탄 소리를 들었더냐!
내 앵두 같은 입술은 석회와 머리털을 섞어 반죽해 넣은
돌에다 종종 키스를 하곤 했지.

보틈 목소리가 보인다. 자 벽 틈으로 가서
살펴보고 시스비의 얼굴을 들어봐야지.
시스비!

시스비 내 사랑! 당신 내 사랑이지요?

보틈 좋을 대로 생각해요, 난 그대의 맘씨 좋은 애인이오.
리맨더처럼[6] 언제나 충실하다오.

6) 보틈은 아프로디테 여신의 여사제 헤로에 반해 사랑에 빠진 레안드

플루트 그럼 저는 헬렌처럼 운명의 신들이 제 목숨을 앗아갈 때가지 당신을 사랑하겠어요.

보틈 사파러스가 프로크러스에게[7] 바친 사랑도 나만큼 충실하진 않았어.

플루트 사파러스가 프로크러스에게 바친 사랑을 저도 당신에게 드리겠어요.

보틈 오! 이 얄미운 벽 구멍을 통해서 나에게 키스해주오.

플루트 벽 구멍에다 할 뿐 당신 입술에는 닿지도 않아요.

보틈 지금 당장 니니의 무덤에서 만나겠소?

플루트 죽든 살든 지체 없이 가겠어요.

[보틈과 플루트 서로 다른 쪽으로 퇴장]

로스를 리맨더로 잘못 알고 있다.

7) 보틈은 케팔로스(Cephalus)와 프로크리스(Procris)를 사팔러스(Shafalus)와 프로러스(Procrus)로 잘못 말하며 무식함을 드러낸다.

돌담 이렇게 해서 저 돌담은 맡은 역을 마쳤습니다.
다 마쳤으니 돌담은 물러갑니다.

테세우스 이제 두 사람 사이를 갈라놓는 돌담은 무너졌군.

드미트리어스 공작님, 담들이 저렇게 남의 얘기를 함부로 엿듣기를 좋아한다면 어쩔 수 없는 일입니다.

히폴리타 지금껏 이런 엉터리 연극은 들어본 적이 없어요.

테세우스 아무리 뛰어난 연극도 그림자에 불과해요. 최악인 연극도 상상력으로 보충해주면 최악은 아니오.

히폴리타 그건 당신의 상상력이지요. 저 사람들의 상상력은 아니잖아요.

테세우스 배우들만큼 우리가 상상력을 발휘한다면, 저들도 훌륭한 배우로 통하게 될 것이오. 저기 인간과 사자, 두 고귀한 짐승이 나오는군.

사자와 달빛 등장

사자 마루를 기어가는 쪼그맣고 끔찍한 생쥐조차

두려워하는 마음 여린 귀부인 여러분
사나운 사자가 무섭게 으르렁대면
아마도 이 자리에서 겁에 질려 벌벌 떠실 겁니다.
제가 가구장이 스너그이지 무시무시한 사자도
어미 사자도 결코 아니란 걸 알아주십시오.
제가 진짜 사자로서 싸우려고
이곳에 나온 거라면 제 목숨이 불쌍합니다.

테세우스 아주 점잖은 짐승인데다가 양심적이야.

드미트리어스 공작님, 짐승치고는 제가 본 중에 가장 최고입니다.

라이샌더 이 사자는 용맹하다기보다 여우처럼 약삭빠른 놈이군요.

테세우스 맞아. 게다가 판단력은 거위처럼 어리석고.[8]

드미트리어스 아닙니다, 전하, 저자의 용맹은 판단력을 앞지르지만 여우는 거위를 낚아챌 수 있으니까요.

---

8) 사자는 용맹하고 여우는 교활하며 거위는 어리석은 동물로 알려져 있다.

테세우스 확실히 여우의 판단력이 사자의 용맹을 앞지를 수는 없을 거야, 거위가 여우를 이길 수 없으니까 잘된 일이야. 저자의 판단력에 맡겨 두기로 하고, 달이 뭐라고 하는지 들어보세.

달빛 이 초롱은 뿔 달린 초승달[9]이며

드미트리어스 그럼 자기 머리에 뿔을 달았어야지.

테세우스 저자는 초승달이 아니야. 그래서 뿔이 보름달 안에 감춰져 안 보이는 거야.

달빛 이 초롱불은 뿔 달린 초승달을 나타내며,
저는 달 안에 사는 사람처럼 보입니다.

테세우스 이건 이 연극에서 가장 큰 잘못인걸. 사람이 초롱불 안에 들어있어야 하잖아. 그렇지 않으면 어떻게 달 속의 사람이라 할 수 있겠는가?

드미트리어스 촛불이 타고 있으니 그 안에 감히 들어갈 수가 없는 거겠지

---

9) 아내가 바람을 피우면 남편의 머리에 뿔이 돋는다고 하여 엘리자베스 여왕 시대 사람들이 뿔 돋친 "오쟁이진 남편"(cuckold)이란 조롱을 즐겼다.

요. 보십시오. 벌써 심지가 타고 있어요.

히폴리타 이 달은 쳐다보고 있기 지겹네요. 좀 더 빨리 변하면 좋겠어요.

테세우스 빛이 작아지는 걸 보니 이 달은 지고 있는 것 같소. 하지만 예의상 도의로라도 참고 끝까지 들어주어야 하오.

라이샌더 달빛, 계속해 봐요.

스타블링 제가 드릴 말씀은 이 초롱불은 달이고, 저는 달 속의 사람이고, 이 가시덤불은 제 가시덤불이며, 이 개는 제 개라는 것 뿐입니다.

드미트리어스 아니, 이 모든 게 달 속에 있는 것들이니 초롱불 속에 들어 가 있어야지. 하지만, 조용, 여기 시스비가 나온다.

시스비 등장

시스비 이게 니니의 옛 무덤이지. 내 사랑은 어디 계실까?

사자 어흥!

사자 으르렁거린다. 시스비 [외투를 떨어뜨린 채] 달아난다.

드미트리어스 사자, 잘도 으르렁거리네!

테세우스 시스비, 잘도 도망치네!

히폴리타 달빛도 잘도 비추네! 정말이지, 달이 비추는 솜씨가 제법이네요.

[사자가 외투를 물어뜯고 퇴장 그리고 시스비 퇴장]

테세우스 사자, 고양이가 쥐 다루듯 잘도 물어뜯는구나!

드미트리어스 그때 피라머스가 도착하는군.

라이샌더 그리하여 사자는 사라졌다.

피라머스 등장

피라머스 어여쁜 달, 그대의 대낮같은 빛이 고맙구나.
이렇게 밝게 비춰주고 있으니 고맙다, 달아.
그대의 자애롭고 금빛 찬란한 빛으로

진실한 시스비 모습을 보게 되리니.
그런데 잠깐, 오 고약한!
불쌍한 기사여, 이걸 보아라.
이 얼마나 끔찍한 슬픔인가?
눈이여, 보이느냐?
도대체 어찌된 일이냐?
오 귀여운 내 여인, 내 사랑이여!
당신의 고운 외투가
어쩌다 피로 물든 거야?
잔인한 분노의 여신들이여, 오라!
오 운명의 여신들이여, 오라, 오라,
와서 생명의 실을 모조리 끊어버려라.
부수고, 짓누르고, 밟아서 숨통을 끊어라.

테세우스 이런 격정이나 사랑하는 연인의 죽음이라면 사내도 슬픈 낯을 보일 법하다.

히폴리타 정말 안됐어요, 저 사람이 불쌍해요.

보틈 오 자연이여, 어째서 사자를 만드셨나요?
끔찍한 사자가 내 사랑하는 여인의 목숨을 강탈했으니,

살아서 사랑받고, 귀염 받고, 명랑한 표정을 짓던
세상에서 가장 아름다운 여인인데 아니 연인이었는데.

눈물아, 쏟아져 나를 멸하라!
칼아, 이리 나와 피라머스의
젖꼭지를 찔러라.
심장이 뛰고 있는
이 왼쪽 젖꼭지를.
이렇게 나는 죽는다, 이렇게, 이렇게, 이렇게!

—

[자신을 찌른다.]

이제 나는 죽는다.
이제 나는 날아간다.
내 영혼은 하늘로 간다.
혓바닥아, 빛을 잃어라,
달아, 빨리 나가라!

—

[달빛 퇴장]

이제 죽는다, 죽어, 죽어, 죽어, 죽어.

[죽는다.]

드미트리어스 몇 번이나 죽는 건가요? 죽는 건 한 번뿐인데, 한 번은 죽을 수 있지요.[10]

라이샌더 눈 하나도 못 돼. 죽었으니까, 아무것도 아니야.

테세우스 의사의 도움으로 다시 살아나서 자기가 바보임을 증명하게 될 수도 있겠지.

히폴리타 어 달빛이 먼저 나가버리고 말았을까요, 시스비가 돌아와서 연인을 찾아보기도 전에 왜 달빛이 먼저 나가버린 건가요?

테세우스 별빛으로 찾아보겠지.

시스비 등장

10) 원문은 "No die, but an ace, man; for he is dead, he is nothing."인데 "죽다"(die)가 "주사위-1에서 6까지 눈이 새겨져 있는)"(die)와 발음이 같아 말장난을 하고 있다. 에이스는 주사위의 각 면에 새겨진 눈 중에서도 가장 낮은 눈 하나를 가리키는 말이다. 눈 하나에 불과하다는 말은 인간은 한 번 죽는데 보틈이 "죽는다"를 반복한 것을 놀리는 것으로 이해할 수 있다(*Arden*).

시스비가 오네. 그녀의 격정적인 비탄으로 연극이 끝나겠군.

히폴리타 저렇게 죽어있는 피라머스를 보면 긴 말은 할 것도 없다고 생각되는데요. 짧게 하면 좋겠군요.

드미트리어스 피라머스와 시스비 중 어느 쪽이 잘했는지는 티끌 하나 차이에요. 남자 역을 한 피라머스도 남자 역이든 여자 역이든 모두 하느님 맙소사일 뿐이에요.

라이샌더 저 예쁜 눈으로 벌써 피라머스를 발견했어요.

드미트리어스 그래서 말하기를, 바꿔 말하길

시스비

내 사랑, 주무세요?
어머, 내 사랑, 어머 죽었어요?
오 피라머스, 일어나세요!
말 좀 해보세요, 말을! 아무 말도 없으셔?
죽었나요, 죽었어요? 당신의 어여쁜 눈을
눈을 무덤이 덮어버려야 하다니.
이 백합 같은 입술,
이 앵두 같은 코,

이 노란 앵초 같은 뺨,

모두가 사라졌어요, 사라지고 말았어요!

연인들아, 슬퍼해라.

두 눈은 부추처럼 푸르렀죠.[11]

오 운명의 여신들이여,

우유처럼 창백한 손을 들고

오라, 내게로 와서

그대들은 내 님의 비단 명줄을

가위로 잘라버렸으니

그 손을 피로 물들게 하라

혓바닥이여, 말하지 말라!

오라, 믿음직한 칼이여

오라, 칼날이여, 내 가슴을 찔러 피로 물들여라!

[자신을 찌른다.]

친구들아, 잘 있어라.

이렇게 시스비는 죽는다.

안녕, 안녕, 안녕!

11) 색깔의 혼동으로 희극 효과를 일으킨다. 백합과 앵두는 여자에게 어울리는 단어이며 녹색은 질투를 의미하기도 한다.

[죽는다.]

테세우스 달빛과 사자가 남아 시체를 처리하겠군.

드미트리어스 맞아요. 돌담도 남았습니다.

보틈 [벌떡 일어나며] 아닙니다, 바로 말씀드리면, 두 집안을 갈라놓은 돌담이 무너졌습니다. 이제 폐막사를 보시겠습니까 아니면 저희 배우 중 두 사람이 추는 버고마스크 광대춤[12]을 들어보시겠습니까?

테세우스 너희 연극은 변명 필요가 없으니 폐막사는 됐다. 극중 인물이 다 죽고 욕먹을 사람 이 없는 마당에 무슨 변명이 필요하겠는가. 하긴, 이 극을 쓴 자가 직접 피라머스 역을 맡아서, 시스비의 양말대님으로 목을 매어 죽었더라면 훌륭한 비극이 되었을 수도 있지. 이 극은 그런대로 연기도 잘하고 괜찮은 극이야. 자, 폐막사는 그만두고 버고마스크 춤이나 추도록 하라.

[퀸스, 스너그, 스나우트, 스타블링이 들어오고, 그중 둘이 버고마스크 춤을 춘다. 그리고서 보틈, 플루트와 그 일행이 퇴장한다.]

12) 이탈리아 북부의 베르가모 지방의 농부들이 추는 촌스럽고 우스꽝스러운 광대 춤이다(*Cambridge*).

자정을 알리는 종소리가 열두 번을 쳤소.
연인들이여, 잠자리에 들어라. 요정들이 나돌 시간이오.
오늘밤 늦게 잠이 들어
내일 아침 늦잠을 잘까봐 걱정이오.
서툴고 조잡한 연극을 보느라
밤의 느린 걸음을 잊었으니 여보게들, 잠자리에 듭시다.
앞으로 열나흘 밤마다 잔치와 여흥으로
축하연을 계속해 나갑시다. 모두 퇴장

— 퍽 등장

퍽 지금은 배고픈 사자가 으르렁대고
늑대가 달을 보고 울부짖으며
농부들이 고된 일로 지쳐서
코를 골며 잠이 든 시간이야.
지금은 타다 남은 불씨가 빛을 발하며
부엉이가 날카로운 소리로 요란하게 울면서
비탄 속에 누워 있는 불쌍한 병자에게
수의를 생각나게 하는 시간이야
무덤이 모두 입을 크게 벌려
일제히 혼령들을 쏟아내,

교회 주변 길을 미끄러지듯 오가게 하는

한밤중이 된 시간이야.

우리들 요정들은 삼계의 여신 헤카테[13)]

용마들과 나란히 달려

태양 곁을 피하고

꿈처럼 어둠을 따라다니는데

지금이 한창 즐거운 시간이야. 이 성스러운 집에

쥐 한 마리도 소란피우지 마라.

난 문 뒤쪽 먼지를 쓸어주려

빗자루[14)] 가지고 먼저 왔지.

요정들의 대왕과 여왕 오베론과 티타니아가 시종들을 모두 거느리고 등장

오베론 꺼져가는 희미한 횃불로

집안 곳곳 어렴풋이 밝혀라.

모든 요정과 정령들은 저마다

---

13) 천상, 지상, 지하를 말하며 헤카테는 세 여신이 한 몸이 되어 천상에서는 달의 여신 루나 또는 피비로, 지상에서는 사냥과 순결의 여신 다이아나, 그리고 지하 세계에서 어둠의 여신 헤카테 또는 프로세르피나로 불린다.

14) 당시 영국의 시골 저택은 항상 현관문을 열어 놓아 문 뒤에 먼지가 쌓였다. 하인이 로빈 굿펠로우를 위해 우유 한 사발을 현관에 놓으면 로빈이 한밤중에 문 뒤에 쌓인 먼지를 쓸어주었다는 설이 있다(*Cambridge*).

덤불 속 위 새처럼 가볍게 뛰어다녀라.
나를 따라 이 노래를 부르며
경쾌하게 춤을 추어라.

티타니아 먼저 당신부터 한 마디씩 지저귀는 음조를 붙여
장단 맞춰서 불러주세요.
손에 손을 잡고서 우아하고 아름답게
노래를 부르며 이 집을 축복해줍시다.

[오베론이 노래 부르니 요정들과 춤추며 노래한다.]

오베론 자, 날이 밝을 때까지 요정들은
저마다 집 안 여기저리 흩어져라.
우리는 가장 신분이 높은 신방으로 가서
그들을 축복해 줄 것이다.
거기서 태어날 자식들에게도
영원히 행운이 깃들 것이다.
그렇게 세 쌍의 부부 모두
영원히 사랑에 충실할 것이다.
자연의 손이 자녀들에게
어떤 흠집도 남기지 않을 것이다.

사마귀, 언청이, 흉터는 물론
날 때부터 멸시 받는
불길한 반점 어느 하나도
저자들의 자녀들에게 생기지 않을 것이다.
요정들은 성스러운 이슬을 들고
모두 발걸음을 옮겨
궁정 곳곳에 모든 방에
달콤한 평화의 복을 내려라.
축복받은 궁궐 주인은
영원한 안녕을 누릴 것이다.
지체 말고 어서 가라.
동이 트면 모두 함께 만나자.

모두 퇴장 [퍽만 남고]

퍽 [관객에게] 저희 허깨비들이 마음에 안 드셨다면
이렇게 생각해주세요. 여러분이 잠시 조는 동안
이런 환영들이 나타난 것이라고
생각하시면 모든 게 괜찮아집니다.
여러분, 이 보잘 것 없는 허황된 연극이
한낱 꿈으로 보인다 해도

나무라지 말아주세요.

용서해주시면 앞으로 고쳐나가겠습니다.

그리고 이 정직한 퍽도

분에 넘치는 행운을 얻어

여러분의 독설을 모면하게 된다면

곧 보다 더 나은 연극을 보여드리겠습니다.

만약 그렇지 않으면, 이 퍽을 거짓말쟁이로 부르십시오.

그럼, 여러분 안녕히 주무세요.

저희들을 친구라 생각하시면 박수 쳐 주세요.

이 로빈도 그 보답으로 더욱 분발하겠습니다.

[퇴장]

참고문헌

Brooks, Harold F. "Introduction" *The Arden Shakespeare: A Midsummer Night's Dream*. London: Bloomsbury Publishing Plc, 2009.

Dunton-Downer, Leslie and Riding, *Alan. Essential Shakespeare Handbook*. London: Dorling Kindersley, 2004.

Foakes R. A. "Introduction." *The New Cambridge Shakespeare: A midsummer Night's Dream*. Cambridge: Cambridge UP, 1984.

Shakespeare, *William. The Arden Shakespeare: A Midsummer Night's Dream*. Ed. Harold F. Brooks. London: Bloomsbury Publishing Plc, 2009.

한국셰익스피어학회. 『셰익스피어 연극사전』 서울: 동인, 2005.

셰익스피어 전집 002

한여름 밤의 꿈

초판 인쇄 2018년 2월 23일
초판 발행 2018년 3월 2일

지은이 윌리엄 셰익스피어(William Shakespeare)
옮긴이 오수진
발행인 김인철
총괄 · 기획 가정준 Director, University Knowledge Press
편집장 신선호 Executive Knowledge Contents Creator
도서편집 박현정 Contents Creator
전자책편집 이리나 e-Contents Creator
재무관리 김은혜 Managing Creator
마케팅 파트장 백승이 Chief Marketing Creator
마케팅 박종원 Marketing Creator
발행처 한국외국어대학교 지식출판원
02450 서울특별시 동대문구 이문로 107
전화 02)2173-2493~7
팩스 02)2173-3363
홈페이지 http://press.hufs.ac.kr
전자우편 press@hufs.ac.kr
출판등록 제6-6호(1969. 4. 30)
디자인 · 편집 (주)이환디앤비 02)2254-4301
인쇄 · 제본 네오프린텍 02)718-3111

ISBN 979-11-5901-270-9 04840 정가 10,000원
ISBN 979-11-5901-255-6 (세트)

*잘못된 책은 교환하여 드립니다.

HUINE은 한국외국어대학교 지식출판원의 어학도서, 사회과학도서, 지역학 도서 Sub Brand이다. 한국외대의 영문명인 HUFS, 현명한 국제전문가 양성(International +Intelligent)의 의미를 담고 있으며, 휴인(携引)의 뜻인 '이끌다, 끌고 나가다'라는 의미처럼 출판계를 이끄는 리더로서, 혁신의 이미지를 담고 있다.